스페셜 원

가장 특별한 감독

스페셜 원: 가장 특별한 감독 8

스틸펜 장편소설

초판 1쇄 찍은 날 § 2020년 4월 17일
초판 1쇄 펴낸 날 § 2020년 4월 24일

지은이 § 스틸펜
펴낸이 § 서경석

총괄팀장 § 노종아
편집책임 § 박현성
디자인 § 소소연

펴낸곳 § 도서출판 청어람
등록번호 § 제387-1999-000006호
등록일자 § 1999. 5. 31
어람번호 § 제1-3044호

주소 § 경기도 부천시 부일로 483번길 40 서경B/D 3F (우) 14640
전화 § 032-656-4452 팩스 § 032-656-4453
http://www.chungeoram.com
E-mail § chungeorambook@daum.net

ⓒ 스틸펜, 2019

ISBN 979-11-04-92183-4 04810
ISBN 979-11-04-92074-5 (세트)

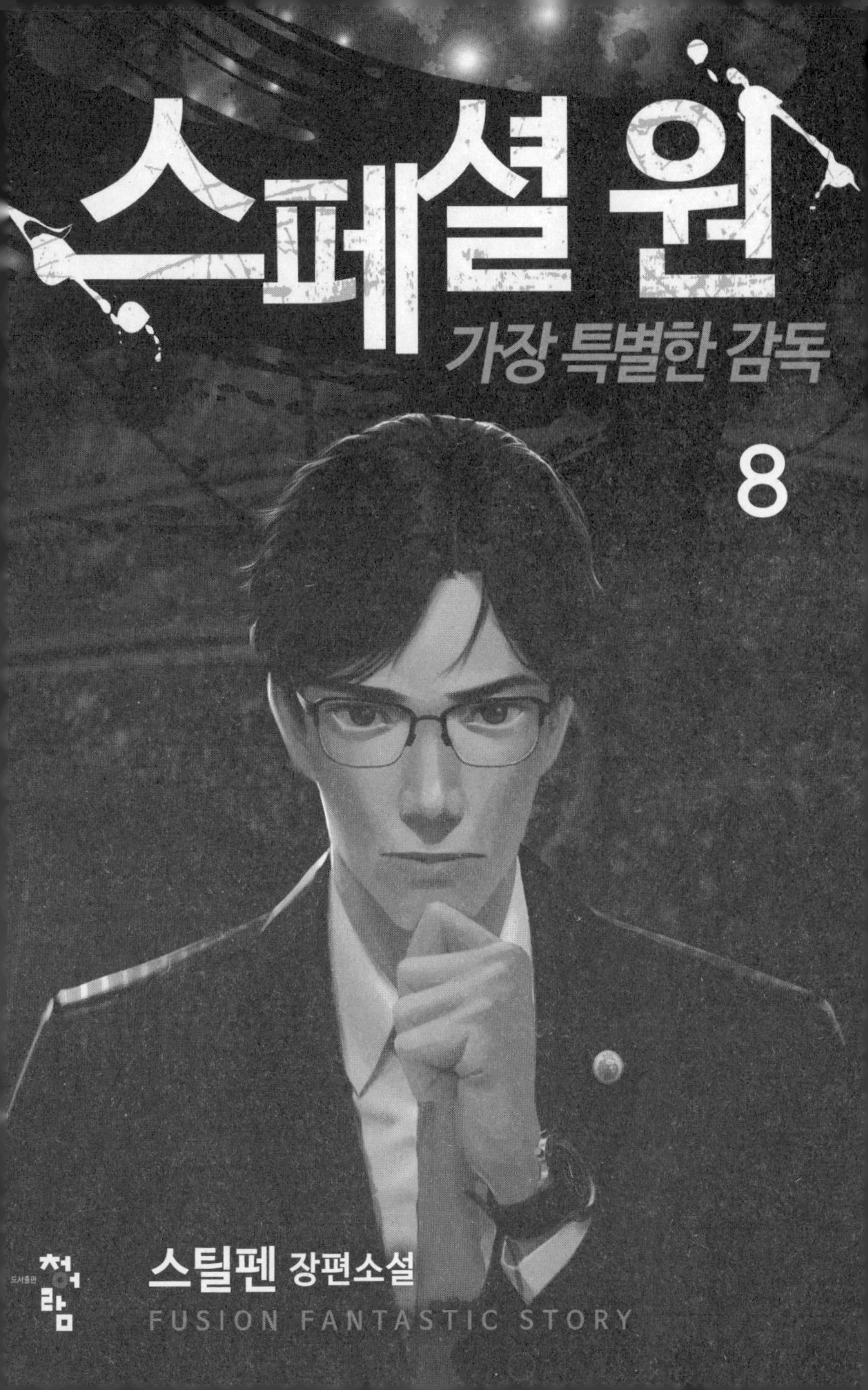
스페셜 원
가장 특별한 감독
8
스틸펜 장편소설
FUSION FANTASTIC STORY
도서출판 청어람

스페셜 원

가장 특별한 감독

CONTENTS

45 ROUND
다이나믹 듀오II

"거물이 나왔군."

터치라인에 선 메시를 보며 원지석이 안경을 고쳐 썼다.

리오넬 메시.

그 이름값만으로.

캄프 누의 분위기가 달라진 게 느껴졌다.

한때는 세계 축구 최정상에 있었던 메시도 세월을 거스를 순 없었다.

만 36세.

이미 은퇴를 해도 이상하지 않을 나이.

그러나 그가 쌓아온 전설들은 사람들의 뇌리에 각인되어 지금까지 생생하게 재생된다.

"호날두 때도 그렇고, 이래서 신계라는 녀석들은."

지난 시즌 챔피언스리그 결승전을 떠올리자 괜히 입안이 썼
다. 이내 고개를 저은 원지석이 정신을 다잡았다.

"이름값에 쫄 필요는 없지."

바르셀로나 선수들의 사기가 올라간다고 해서, 발렌시아가
주눅 들 필요는 없다.

그들은 그들의 플레이를 하면 될 뿐.

그리즈만과 교체되어 들어간 메시가 자리를 잡으며 침을 한
번 뱉었다. 동시에 경기 재개를 알리는 휘슬이 울렸다.

－메시가 들어가며 전술에도 변화가 생겼습니다.

－쿠티뉴가 아예 왼쪽 측면으로 자리를 옮겼고, 메시가 그 자
리에 갔군요.

－바르셀로나가 보통 후반전에 꺼내 들었던 모습이에요.

사리는 메시를 최대한 활용하기 위해 후반전의 조커로 꺼내
는 편이었다.

즉, 이제는 예상하지 못한 체력 부담이 생겼다는 것.

지금부턴 최대한 빠르게 승부를 봐야 한다. 그들에게 있어
서 중요한 건 시간이었다.

물론 원지석은.

발렌시아는 그들의 생각대로 되어줄 생각은 없었다.

—세바요스의 패스를 받은 솔레르!

—계속해서 올라갑니다!

오른쪽 측면미드필더인 솔레르는 세바요스의 부담을 덜어주는 역할을 맡았다. 그의 활발한 움직임은 팀의 활력이 되어줄 것이다.

조르지뉴와 알바가 압박에 들어서자 솔레르는 뒤쪽에 있는 오드리오솔라에게 백패스를 보냈다.

—공을 받는 오드리오솔라.

—빈자리를 코클랭이 커버합니다.

풀백이 오버래핑을 나갈 때엔 중앙미드필더들이 그 공백을 채워주는 식이었다.

그 덕분에 풀백들은 공격적인 재능을 마음껏 뽐낼 수 있었고, 세바요스를 중심으로 삼으며 바르셀로나를 공략했다.

"여기! 이쪽으로!"

천천히 올라가던 오드리오솔라가 손을 들며 소리치는 세바요스를 보았다. 동시에 슬금슬금 그 주변을 서성거리는 바르셀로나 선수들도.

"아니, 시발. 다른 곳으로!"

그걸 눈치챈 세바요스가 이번엔 얼굴을 구기며 손을 저었다.

알겠다는 듯 고개를 끄덕인 오드리오솔라가 반대쪽 측면을 향해 긴 패스를 올렸다.

　─중앙을 높이 가로지르는 패스!
　─산티 미나가 헤딩으로 연결합니다!

　헤딩으로 떨궈진 공을 왼쪽 풀백인 가야가 받았다. 사실상 오늘 전술에 있어서 세바요스만큼, 아니, 어쩌면 그 이상으로 중요한 선수였다.
　가야는 산티 미나와 원투 패스를 계속해서 주고받으며 터치 라인을 뛰었다.

　─세르지 로베르토가 끈질기게 몸을 비빕니다.
　─공을 길게 치고 달리며 따돌리네요!

　순간적으로 속력을 폭발시킨 가야가 몸을 돌리듯 땅볼 크로스를 감아올렸다.
　쾅!
　강하게 쏘아진 크로스가 잔디 위로 미끄러졌다.
　다만 패스는 페널티에어리어 안쪽을 향하지 않았다. 정확히는 측면에서 수비 라인을 타고 달리는 바르보사를 향했지.

　─슛을 하나요? 하나요?!

예리 미나를 앞에 둔 바르보사가 슬쩍 다리를 들었다. 마치 슈팅 자세를 취하려는 것처럼.

그 모습에 바르셀로나 선수들이 이를 악물었다.

'슈팅을 하기 전에!'

최근 물이 오른 바르보사는 어디서든 위협적인 슈팅을 만들어내는 선수다. 특히나 그의 왼발은 오늘 예의 주시해야 할 것 중 하나였고.

'막는다!'

거구의 센터백인 예리 미나가 몸을 들이밀며 발을 뻗었다.

주전으로 자리매김하는 데 성공한 그의 강력한 피지컬은 바르셀로나 수비의 새로운 옵션이 되었고, 공격수들과의 몸싸움에서도 어지간해선 지지 않았다.

반면 바르보사는 피지컬이 뛰어난 편이 아니기에 허수아비처럼 밀릴 거라 예상했지만.

—드, 드로우 백!

—헛발질을 한 예리 미나의 몸이 휘청거립니다!

공을 앞으로 끌었다가, 태클이 들어오는 순간 다시 뒤로 뺀 바르보사가 그대로 발걸음을 옮겼다.

슈팅을 하기엔 더없이 좋은 각이 나온 상황.

골키퍼인 테어슈테겐이 몸을 긴장시키며 침을 삼켰다.

—슛! 아니! 패스를 합니다!

한 번 더 스텝을 밟으며 바르셀로나의 수비진을 속인 바르보사가 왼쪽 측면으로 스루패스를 찔렀다.

그 끝에는.

진즉 슈팅 준비를 끝낸 산티 미나가 있었다.

쾅!

총알 탄처럼 쏘아진 슈팅이 골문 왼쪽 구석을 낮게 노렸다.

금방 있었던 페인팅에 역방향이 걸렸던 테어슈테겐이 뒤늦게 손을 뻗었지만, 공은 이미 골라인을 넘어선 뒤였다.

—고오오오올! 아주 좋은 호흡으로 선제골을 터뜨린 발렌시아!

—발렌시아의 다이나믹 듀오가 이번에도 골을 합작했군요!

"나이스 패스!"

"나이스 슈팅."

산티 미나와 바르보사가 어깨동무를 하며 서로를 칭찬했다.

솔직히 말하자면 그대로 슈팅을 해도 이상하지 않을 찬스였다.

하지만 바르보사는 더욱 확실한 기회를 얻기 위해 패스를 선택했고, 이는 정답이 되었다.

"어지간한 멜로물보다 감동적이네요."

"손수건 줄까?"

케빈의 말을 무시한 원지석이 미소를 숨기려는 것처럼 입가를 매만졌다.

저 호흡을 맞추기 위해 얼마나 많은 심혈을 기울였던가.

사람들의 예상을 깨뜨리고 무언가를 만든다는 것은, 상상 이상의 카타르시스를 동반한다. 이래서 감독을 하지 않을까 싶을 정도로.

"얘 좀 이상해."

"당신만 하겠습니까."

"뭐 인마?"

어깨를 움찔한 케빈이 옆에 있던 코치들에게 속삭였지만 그리 좋은 반응이 나오진 않았다.

그런 발렌시아의 벤치와는 반대로.

바르셀로나의 벤치에는 영 좋지 못한 분위기가 감돌고 있었다.

"시발."

나지막이 욕설을 내뱉은 사리가 아랫입술을 깨물었다. 깨무는 정도가 아니라 잘근잘근 씹었다.

이게 입술이 아닌 담배 필터라면 좋았을 텐데. 그 정도로 흡연이 간절했다.

사리는 베스트 11과 기본적인 전술을 잘 짜는 것으로 유명하지만, 그게 뜻대로 되지 않을 경우엔 대처 능력이 떨어진다는 지적을 받았다.

"좆 됐군."

그런 그에게 지금은 악재가 겹친 상황이었다.

예상하지 못한 그리즈만의 부상과, 후반에 꺼내려 했던 메시는 이른 시간에 들어가게 되었고, 거기다 선제골까지 먹혔으니까.

"조르지뉴!"

그렇다 해서 손을 놓고 있을 수는 없지 않은가.

사리 역시 불리한 상황을 극복하기 위해 새로운 방법을 모색했다.

―바르셀로나의 플레이에 변화가 생긴 거 같군요.

―골을 만회하기 위해 좀 더 직접적인 시도를 하네요.

노쇠화한 메시를 쓰기 위해선 다른 선수들의 활동량을 희생시켜야 한다.

하지만 사리는 그러는 대신 직접적인 공격을 주문했고, 여기서 조르지뉴의 역할이 매우 컸다.

후방 플레이메이커인 그는 전방을 향해 곧잘 패스를 뿌렸으며, 이를 받은 공격수들은 페널티에어리어를 침투했다.

물론 발렌시아 역시 그런 속셈을 알고 있었기에 조르지뉴에게 강한 압박을 걸었다.

―콘도그비아의 파울!

―주심이 구두 경고를 주는군요.

조르지뉴와 몸싸움을 하던 콘도그비아가 억울하다는 제스

처를 보였지만, 주심은 단호한 얼굴로 고개를 저었다.

그렇게 역습과 역습이 맞물리는 치열한 경기가 계속되었다.

발렌시아는 산티 미나를 포함한 미드필더진들이 활발한 수비 가담과 강한 압박을 보였고, 바르셀로나는 그런 압박에서 벗어나기 위해 필사적이었다.

―이번 시즌에 들어 바르셀로나가 이렇게 고생을 한 경기가 있었나요?

―원지석 감독이 준비를 잘했다는 느낌이 드네요.

하지만 준비를 잘했다고 해서 모든 게 기대대로 흘러가진 않는다.

그 상황을 부수는 선수에게.

괜히 크랙이란 말을 붙이는 게 아니었으니까.

"베르나르데스키!"

시작은 조르지뉴의 발끝에서 시작되었다. 길게 뻗은 롱패스가 정확히 베르나르데스키에게 닿았다.

베르나르데스키는 직접 드리블을 하는 대신 동료에게 공을 넘겼다.

한때 세계 최고의 크랙이었던 선수에게.

―패스를 받는 메시!

―코클랭을 제칩니다!

메시는 손잡이가 삭았지만 그 날카로움만은 여전한 칼날이다.

재치 있는 개인기로 코클랭을 제친 그가 특유의 드리블을 보여주며 발렌시아의 수비진을 맞닥뜨렸다.

공을 짧게 짧게 터치하는 드리블은 상대가 매우 꺼려 하는 스킬이었다. 토비 역시 침을 꿀꺽 삼키며 자리를 잡았다.

'늙어서 막으려니 벅차군.'

토비의 눈이 메시의 발끝에서 떨어지지 않았다.

젊은 시절에도 막기 힘들었던 드리블이다.

이런 나이가 되어서는 더욱 힘들었고.

"옆에서 같이 커버해!"

"네!"

데 리흐트가 고개를 끄덕이며 공간을 더욱 좁혔다. 오드리오솔라가 쿠티뉴를 잘 막길 기도하는 수밖에.

그러던 때에 메시의 눈이 빛났다.

공을 오른쪽으로 빼내려던 순간, 메시는 갑작스럽게 왼쪽으로 방향을 전환하며 토비의 압박을 벗어났다.

라 크로케타.

누군가는 팬텀 드리블이라 부르는 스킬.

매우 어려운 스킬이었고, 그의 전매특허나 다름없는 스킬이 한 번 더 나왔다.

"마티아스, 조금 더 연습해."

데 리흐트의 압박마저 벗어난 메시의 앞에는 이제 골키퍼만이 남았을 뿐.

하우메 도메네크가 슈팅 각도를 좁히기 위해 서둘러 나섰지만, 이미 공은 발끝을 떠난 뒤였다.

톡 하고 올려진 로빙슛이 도메네크의 키를 넘겼다. 필사적으로 손을 뻗었지만, 끝내 닿지 못한 공은 뚝 떨어지며 골라인을 넘었다.

—으아아! 골입니다 골! 바르셀로나의 환상적인 동점골!

—원맨쇼를 펼치는 리오넬 메시!

와아아아!

캄프 누의 관중들이 벌떡 몸을 일으키며 함성을 질렀다.

어찌나 열광적이었는지, 메시가 셀레브레이션을 할 때엔 경기장이 흔들릴 정도였다.

"후우."

한순간이지만 전성기 시절의 모습으로 돌아간 메시를 보며 원지석이 긴 숨을 내쉬었다.

'폼은 일시적이지만 클래스는 영원하다는 건가.'

리버풀의 전설적인 감독이었던 빌 샹클리가 한 말이었다. 이렇게 되새기고 싶지는 않았는데.

삐이익!

얼마 지나지 않아 전반전 종료를 알리는 휘슬이 울렸다.

하프타임 동안 양 팀 모두 재정비에 들어갔다. 사리는 흡연 부스에서 줄담배를 피웠고, 원지석은 라커 룸에서 선수들을 마주하고 있었다.

"시간은 우리 편이야. 집중해!"

그는 선수들에게 끝까지 포기하지 말 것을 주문했다. 지금이 야 파괴적일지 몰라도 결국 한계는 오게 마련. 그때를 노려야 한다.

─하프타임이 지나고 후반전이 시작되었습니다.

─과연 라커 룸에서 무슨 변화를 주었을지, 기대가 되네요.

후반전이 시작되며 발렌시아가 라인을 낮춘 반면, 바르셀로 나는 계속해서 공격을 퍼부었다.

특히 단단한 수비 라인을 뚫기 위해 끊임없이 이어지는 패스 플레이는 관중들의 감탄을 일으킬 정도였다.

"어차피 골이 들어가지 않으면 그만이지."

원지석은 날카로운 눈으로 그라운드에서 눈을 떼지 않았다.

바르셀로나에게 가둬지며 공격당하는 모습은 답답할 정도였 으나, 시간이 흐를수록 사리 감독의 얼굴은 굳어가는 중이었다.

조금씩 선수들의 움직임이 무뎌지고 있었기 때문이다.

'안 좋아.'

빨리 골을 만들어야 한다.

손끝에 밴 담배 냄새를 킁 하고 맡은 그가 공격 템포를 올릴 것을 지시했다.

―아! 메시가 공을 빼앗겼습니다!

그러던 중.
공을 빼앗기며 낭패한 얼굴이 된 메시와는 다르게.
터치라인에 있던 원지석이 씨익 웃으며 소리를 질렀다.
"시간 됐다!"
그 말과 동시에.
발렌시아 선수들이 둑을 터뜨린 빗물처럼 쏟아져 나갔다.

          *   *   *

―발렌시아 선수들이 역습을 시작합니다!
―많은 선수들이 나서는군요!

시작은 데 리흐트였다.
센터백임에도 빌드 업에 능한 선수.
왜 바르셀로나가 아약스 시절의 그를 원했는지, 그 이유를
알 수 있을 멋들어진 패스가 나왔다.
"할 땐 하잖아!"
놀란 얼굴로 그 패스를 보던 콘도그비아가 크게 소리치며 헤
딩했다.

퉁 하고 포물선을 그린 공은.

아르투르의 키를 넘기며 세바요스에게 닿았다.

"늦기 전에 빨리!"

공을 길게 찬 세바요스가 하프라인을 넘어섰다. 바르셀로나 선수들이 워낙 라인을 올렸기에, 그들의 수비 라인까지는 그리 멀지 않았다.

발렌시아는 수적인 우위를 앞세워 바르셀로나의 수비 라인을 공략했다.

그 중심은 세바요스다.

드리블을 하던 그가 파비안 루이스를 개인기로 벗어났고, 그대로 왼쪽 측면의 가야에게 스루패스를 찔렀다.

ー왼쪽 측면을 침투하는 가야!

ー빨라요! 거기다 산티 미나까지 가세하는군요!

바르셀로나의 오른쪽 풀백인 세르지 로베르토가 둘을 보며 얼굴을 구겼다.

혼자서는 모든 지역을 커버할 수 없기 때문이다.

로베르토는 괜히 무리를 하는 것보다, 최대한 시간을 끌며 그들을 이곳에 잡아둘 생각이었다.

그 의도를 알기에.

가야는 발을 멈추지 않았다.

―아! 가야가 로베르토를 제칩니다!

방향을 전환한 가야가 한 번 더 속력을 올렸다.

욕지거리와 함께 로베르토가 유니폼을 잡아당겼다. 옐로카드를 각오한 행위로, 파울을 써서라도 흐름을 끊어낼 생각이었다.

'여기서 넘어지면 버틴 이유가 없어.'

몸의 중심이 기울어지는 걸 느끼며 가야가 이를 악물었다. 파울을 얻어낸다면 괜찮은 위치에서의 프리킥이겠지만, 골이 확실하진 않다.

그러나 지금 같은 기회는 다시 오지 않을 터였다.

결국 가야의 몸이 중심을 잃으며 넘어졌다.

동시에 휘슬을 불려던 주심이 잠시 멈칫하며 그 상황을 지켜보았다.

넘어지면서도 공을 포기하지 않은 가야는 잔디를 쓸듯, 넘어지는 걸 이용하며 패스를 보냈다.

―주심이 어드밴티지를 인정했어요!
―산티 미나가 페널티에어리어를 침범합니다!

로베르토는 도리어 가야에게 묶이며 따라오지 못했고, 조르지뉴 역시 다른 선수들을 견제하기에 대놓고 압박하지 못하는 상황.

─뒷짐을 서며 막는 예리 미나!

그를 막아야 하는 건 거구의 센터백인 예리 미나였다. 절대 뚫려선 안 될 마지노선이기도 했다.
잠시간의 대치가 이어졌다.
아주 짧은 시간이었지만 둘 사이엔 이미 수많은 눈치 싸움이 오갔다.
'눈 딱 감고 슈팅할까?'
들어간다면 더할 나위 없이 좋겠지만, 슈팅 각도를 계산하던 산티 미나가 이윽고 고개를 저었다. 골키퍼인 테어슈테겐이 어렵지 않게 막아낼 각도였다.
그 순간 산티 미나와 바르보사의 눈이 마주쳤다.
망설임은 길지 않았다.
눈빛을 통해 마음을 전하듯.
누구라고 할 것도 없이 둘은 동시에 움직이며 수비 라인을 흔들었다.

─산티 미나가 측면으로 빠집니다!

수비수를 끌고 나온 그가 그대로 공을 톡 찍어 올리는 로빙 패스를 올렸다.
모두가 그 공을 멍하니 좇았다.
단 한 사람을 제외하고선.

─바르보사아아아!

─고오오올! 골입니다, 골! 산티 미나의 패스를 헤딩으로 마무리하는 가브리엘 바르보사!

─발렌시아의 듀오가 또다시 골을 합작하는군요!

캄프 누가 다시 한번 침묵에 빠졌다.

바르보사의 셀레브레이션을 중계하던 화면은 이윽고 사리를 잡았다. 구겨진 얼굴로 한숨을 쉬는 모습을.

─데 리흐트의 패스를 기점으로, 아주 완벽한 역습이었습니다.

─벼르고 별렀던 카운터어택을 그대로 꽂아버리네요!

사실상 매치포인트에 가까운 골이었다.

원지석은 이후 왼쪽 풀백인 토니 라토를 교체로 투입하며 수비 강화를 노렸고, 계속해서 수비적인 변화와 함께 경기를 잠갔다.

이와는 반대로 바르셀로나는 공격적인 교체를 감행하며 발렌시아의 골문을 노렸다.

우승 경쟁을 위해 승점 1점이 아쉬운 상황이다.

더군다나 엘 클라시코라는 빅 매치를 앞두고 기세가 꺾여서는 안 된다.

─멀리 공을 걷어내는 콘도그비아!

―시간이 얼마 남지 않았어요!

콘도그비아와 코클랭은 이런 상황일수록 든든한 모습을 보여주었다.

두 명의 청소기는 중원을 쓸어 담았고, 경기 막바지까지 쉬지 않고 달리며 더 이상의 골이 터지지 않도록 만들었다.

삐이익!

그렇게 경기 종료를 알리는 휘슬이 울렸다.

가장 중요했던 두 번의 찬스에서, 두 골을 넣은 발렌시아의 승리였다.

"제길."

한숨을 쉰 사리가 거칠게 머리를 긁었다. 아쉬웠다. 마지막 순간에 놓쳤던 찬스가 지금까지 아른거릴 정도로.

"아무튼 고생했네."

"고생하셨어요."

"그나저나 엿 같은 버터 새끼를 생각하니 벌써부터 머리가 아파오는군."

엿 같은 버터란 오르텐시오를 뜻했다.

같은 이탈리아 국적의 후배 감독이지만, 그에 대한 사리의 평가는 박한 모양이었다.

"자네도 얼마 남지 않았지? 꼭 이기게, 꼭!"

부릅뜬 눈으로 거듭 강조하는 사리를 보며 원지석이 쓴웃음을 지었다.

'레알 마드리드인가.'

그 말처럼 이번 시즌에 들어선 처음으로 오르텐시오를 상대하게 된다. 시간이 넉넉하진 않았기에 원지석 역시 느긋이 있을 상황은 아니었고.

허공에 던져지던 동전을 잊지 못한 그가 고개를 끄덕였다.

"노력하죠."

「[스포르트] 충격 패를 당한 바르셀로나!」
「[수페르 데포르테] 발렌시아, 놀라운 승리를 거두다!」

발렌시아가 까다로운 상대이긴 해도, 설마 승리를 거둘 거라 생각한 사람은 적은 편이었다.

그렇기에 예상을 깬 결과에 사람들은 놀람을 감추지 못했다.

「[마르카] 승리를 이끈 다이나믹 듀오」

거기엔 두 골을 합작하며 팀의 최전방을 책임진 산티 미나와 바르보사가 있었다.

다이나믹 듀오.

그동안 팬들 사이에서 알음알음 불리던 별명이었지만, 이번 바르셀로나전을 계기로 언론을 탔다.

이제 그들이 보여주는 시너지를 의심할 사람은 없다. 라리가에서도 손꼽히는 조합으로 꼽히며 신계마저 찌를 무기라는 걸 증명했으니까.

"신계에 한 팀만 있는 건 아니니까."

원지석은 모니터에서 눈을 떼지 못했다.

화면 속에선 두 팔을 벌리며 셀레브레이션을 즐기는 살라의
모습이 보였다.

「[마르카] 살라의 멀티골! 엘 클라시코에서 승리를 거둔 레알 마드
리드!」

시간이 흐르고.

엘 클라시코의 결과가 나왔다.

스코어는 3 : 2로, 치고받는 싸움 끝에 레알 마드리드가 승
리를 거두게 되었다.

이로써 레알 마드리드는 단독 1위로 고지를 선점했고, 바르
셀로나는 추격자로서 그들의 뒤를 쫓을 터였다.

「[AS] 산티아고 베르나베우를 지배한 파라오!」
「[마르카] 오르텐시오, 살라의 이적료는 전혀 아깝지 않다」

경기의 최우수선수로 꼽힌 것은 모하메드 살라였다.

이번 여름을 통해 이적한 리버풀의 파라오는, 그 이적료가
아깝지 않은 활약을 보여주며 팀을 선두로 이끌었다.

안필드의 파라오에서.

이제는 산티아고 베르나베우의 파라오로.

이스코, 해리 케인, 살라로 구성된 공격진은 이번 시즌 최고의 조합 중 하나였다.

"이런 것들을 막아야 한다 이거지."

끙 하고 앓는 소리를 낸 원지석이 안경을 벗었다. 눈을 감고 콧잔등을 마사지하던 그가 의자 등받이에 몸을 기대며 기지개를 켰다.

다시 안경을 쓴 순간, 사무실의 문이 빼꼼히 열리며 누군가가 머리를 내밀었다.

수석 코치인 케빈이었다.

원지석을 확인한 그가 안으로 들어오며 물었다.

"아직도 퇴근 안 했냐?"

"조금, 정리할 자료가 있어서."

"그러다 쓰러지면 역효과가 나는 거야."

항상 에너지 드링크를 달고 다니는 사람이 할 말은 아니겠지만.

그 손에 들린 레드불을 물끄러미 보던 원지석이 이내 고개를 저으며 말했다.

"자료는 확인했어요?"

"봤지. 살라는 아주 그냥, 미친놈이더라."

살라는 적응기 같은 건 필요하지 않다는 듯 상대 팀의 측면을 찢어버리는 활약을 보여주었다.

이제 얼마 지나지 않아 그런 살라를 상대해야 되는 발렌시아였고.

"오르텐시오는 좆같은 새끼지만, 능력이 없는 감독은 아니야. 동전 점괘? 결국 기본적인 뼈대는 잡혀야 하니까."

케빈은 주의해야 될 건 선수들만이 아니라고 경고했다.

평소 오르텐시오에게 드러내던 경멸과는 별개로 능력만큼은 인정하는 모양이었다.

사리도 그렇고, 이쯤 되니 그 이유가 궁금해진 원지석이 물었다.

"대체 둘이서 무슨 일이 있었죠?"

"추잡한 이야기야. 여자랑 뒹군다고 태업에 가까운 짓을 했으니까."

어느 날 몇 명의 여자가 동시에 훈련장을 찾아온 일은 절대 잊지 못할 것이다.

옛 추억을 접어둔 케빈이 어깨를 으쓱였다.

"요지는 단순한 바람둥이가 아니란 거지. 뭐, 너라면 이미 알고 있겠지만."

그 말에 원지석이 쓴웃음을 지었다.

지금까지 오르텐시오와는 두 번을 부딪치며 두 번을 졌다.

단순히 운이 나빠서 진 게 아니라는 걸, 누구보다 그 자신이 가장 잘 알고 있었다.

거기다 레알 마드리드는 지난 시즌보다 더욱 강한 팀이 되었다.

그런 그들을 상대로 어떤 대응을 짤지, 원지석에겐 무거운

숙제가 내려진 셈이었고.

"으차."

"퇴근 안 해요?"

"이러는 걸 봤는데 어떻게 혼자만 가겠어. 수석 코치는 병나도 되는데, 감독은 그러면 안 되거든."

노트북을 꺼내는 케빈을 보며.

말없이 미소를 지은 원지석이 고개를 돌렸다.

                    *   *   *

「[수페르 데포르테] 말라가를 격파한 발렌시아!」

최근 경기력이 좋지 못한 말라가를 상대로 수월한 승리를 거둔 원지석은 이제 그다음을 보았다.

세비야.

레알 마드리드전을 앞두고 상대해야 하는 팀.

문제는 세비야 역시 쉬운 상대는 아니라는 거였다. 거상이라는 말과는 별개로, 유로파 리그의 제왕이란 별명은 괜히 붙은게 아니다.

「[엘 파이스] 원지석을 놓친 걸 후회하는 세비야?」

한때 발렌시아와 세비야는 새로운 감독직에 원지석을 두고 경쟁을 한 적이 있었다.

결과적으로 선수 영입과 방출에 있어 이견이 갈리며 손을 뗀 세비야지만, 지금으로선 그 결정을 후회하는 중일지도 몰랐다.

현재 세비야의 리그 순위는 4위.

5위인 발렌시아와는 단 1점 차이이며.

이번 경기로 인해 그 순위가 뒤집힐 수 있었으니까.

「[수페르 데포르테] 원지석, 우리는 과감한 선택을 해야 한다」

세비야는 분명 강한 상대다.

하지만 원지석은 바로 뒤에 있을 레알 마드리드와의 경기를 염두에 둬야 했다.

물론 한 경기를 이기기 위해 한 경기를 포기하겠다는 말은 아니다.

"두 경기 다 이겨야죠."

강한 의지를 드러낸 원지석이 훈련에 박차를 가했다. 그는 이번 세비야전에 소집할 명단을 구성했고, 이들이 좋은 결과를 가져올 거라 믿었다.

「[마르카] 발렌시아, 세비야전 명단 발표」
「[스포르트] 로테이션을 가동할 원지석?」

언론들은 그들이 어떤 전술을 들고 나올지 이러저런 의견을 꺼내며 다가올 경기를 기다렸다.

"후우."

훈련 일정을 끝내고 집에 돌아온 원지석이 한숨을 쉬었다.

챔피언스리그 진출이 걸린 경기이다 보니 모두에게 날카로운 집중을 요했고, 이는 원지석 역시 마찬가지다.

딸칵.

거실의 불을 켠 순간.

원지석의 눈이 크게 떠졌다.

파앙!

"생일 축하해요!"

"축하해여!"

갑자기 울리는 폭죽 소리와 함께.

캐서린과 엘리가 나타났으니까.

보고 싶었던 가족들의 등장에 원지석이 살며시 볼을 꼬집었다. 아프다. 꿈이 아니었다.

울컥거리는 감정을 숨기며, 원지석은 오랜만에 만난 가족들을 껴안았다.

46 ROUND
동전은 던져졌다

"아빠아아!"

큰 소리와 함께 엘리가 달렸다.

도도도 뛰어오는 딸아이를 안아 올린 원지석이 어안이 벙벙한 얼굴로 캐서린을 보았다.

그녀는 부녀의 모습을 사진으로 담으며 미소를 짓고 있었다.

"언제 왔어요?"

"오늘요."

"꽤나 기다렸을 텐데……."

"케빈 씨에게 당신 스케줄을 물어봤거든요. 덕분에 음식도 제 시간에 만들 수 있었고."

그 전까지는 장을 볼 겸 구경을 했는지.

캐서린은 낮에 찍은 거라며 시장 속에 있는 엘리의 사진을
보여주었다.

'어쩐지 오늘따라 능글맞더니.'

훈련장에서 묘한 미소와 함께 등을 두드리던 케빈을 떠올린
원지석이 쓴웃음을 지었다.

그때 원지석의 볼에 입을 맞춘 캐서린이 속삭였다.

"더군다나 생일이니까, 함께 있어야죠."

생일.

오늘이 생일이었구나.

솔직히 말해 까맣게 잊고 있었던 원지석이었다.

혼자 있으면 대충 때울 거라는 그녀의 우려는 크게 틀리지
않았다. 어차피 생일인 것도 모른 채 맥주 한 캔을 따지 않았을
까.

품에서 내려온 엘리가 식탁으로 다가갔다.

의자 하나를 잡아당겨 그 위에 오른 딸아이는 막 만들어진
음식들을 가리키며 입을 열었다.

"이거 내가 만들었다!"

아무래도 아빠에게 자기가 만든 요리를 자랑하고 싶었던 모
양이었다.

자기도 모르게 풀어진 얼굴로 미소를 지은 원지석이 딸아이
와 어울려 주며 음식을 맛보았다.

"음, 맛있어!"

"정말?!"

조마조마한 눈으로 반응을 기다리던 엘리가 이내 함박웃음을 지으며 박수를 쳤다.

뭐, 대부분은 캐서린이 만들었겠지만 그 마음을 어찌 모르겠는가.

케이크의 촛불을 끈 원지석이 자리에 앉으며 식사가 시작되었다. 행복한 저녁이었다. 이렇게 온기가 느껴지는 저녁은 간만이었다.

배를 어느 정도 채우고.

후식으로 커피를 마시던 원지석은 엘리가 뒷짐을 서며 슬금슬금 다가오자 고개를 갸웃거렸다.

"이거, 선물!"

엘리가 내민 것은 팔찌였다.

전체적으로 엉성하고, 아기자기한 캐릭터들이 있는 걸 봐서는 딸아이가 직접 만든 물건인 듯했다.

"고마워. 아주 예뻐."

억대의 시계를 선물받았을 때도 그리 기뻐하지 않던 원지석은 조악한 팔찌에 진심으로 기뻐하며 엘리의 머리를 쓰다듬었다.

"소중히 할게."

"웅!"

배시시 웃은 엘리가 가방을 가져왔다.

그 안에는 장난감을 비롯한 여러 물건이 들어 있었고, 오랜만에 만난 아빠와의 시간을 채우겠다는 듯 신나게 놀기 시작했다.

그렇게 놀다 지친 아이를 품에 안으며 소파에 앉은 원지석이 고개를 돌렸다.

언제 왔는지, 옆에 앉은 캐서린이 그의 어깨에 고개를 기대고 있었기 때문이다.

"언제 돌아갈 거예요?"

"글쎄요, 우선은 다가올 경기부터 볼까요?"

"그렇다면 좋은 자리를 구해줄게요. 아무나 들어가지 못하는 곳으로."

그 말에 피식 웃은 캐서린이 볼을 문질렀다.

슬쩍 남편의 손등 위로 손을 포갠 그녀가 속삭였다.

"괜찮아요?"

"네?"

"그냥, 힘들어하는 게 보였으니까."

원지석은 대답 대신 겹쳐진 손가락을 얽으며 긴 숨을 내쉬었다. 걱정을 끼치는 게 싫어 티를 내지 않았지만, 캐서린에겐 모두 보였던 모양이었다.

그 생각처럼 캐서린은 런던에 있으면서도 남편에 대한 소식을 빼놓지 않고 확인했다.

시즌 초반에 부진했던 것도, 혼자 있는 남편이 힘겨워하는 중이라는 것 역시 알 수 있었다.

'바보 같은 사람.'

그럼에도 꾹꾹 혼자 눌러 담으려는 그 모습이 야속하기까지

하였다. 자신이 미덥지 못한 걸까, 그런 생각을 할 정도로.

동시에 그런 때에도 옆에 있어주지 못한 게 너무나 미안했다.

"괜찮아요. 지금은."

"…다행이에요."

정말로.

안심이라는 듯 캐서린이 눈을 감았다.

엘리 역시 꾸벅꾸벅 졸다가 이윽고 잠에 빠지며, 가족은 잠시간 그 상태로 시간을 보냈다.

*   *   *

다음 날 엘리는.

원지석이 일하는 사무실을 찾아왔다.

어린아이의 느닷없는 방문에 사람들이 어리둥절해하는 사이, 케빈이 다가가 무릎을 구부렸다.

"안녕, 엘리."

"수염 아조씨! 왜 여기 있어?"

그런 케빈을 보며 엘리가 고개를 갸웃거렸다. 자주 본 얼굴이지만 뭘 하는 사람인지는 알지 못했기 때문이다.

쓴웃음을 지은 케빈이 엘리와 어울려 주는 걸 보며 누군가가 물었다.

"누굽니까?"

"원의 딸. 엘리라고 해."

그 사실을 몰랐던 이들은 눈을 크게 뜨며 엘리를 보았다.

주변을 물끄러미 쳐다보던 꼬마 아이는 이내 눈이 접히듯 활짝 웃었다.

자기도 모르게 아빠 미소를 짓던 그들이 중얼거렸다.

"정말 감독님 딸입니까?"

"악마에게서 천사가 나왔군."

"누가 악마라고?"

서슬 퍼런 중얼거림에 흠칫 놀란 그들이 뒤를 돌아보았다. 삐걱거리는 시선 끝에는, 차가운 눈으로 그들을 노려보는 원지석이 서 있었다.

"왔냐?"

"네. 뭐 길게 걸릴 일은 아니니까요."

선수들에게 보여줄 브리핑 자료들을 뽑아 온 원지석이 어깨를 으쓱였다. 그러는 사이 엘리가 그의 곁으로 다가가 배시시 웃었다.

딸아이가 오늘 이곳을 오게 된 이유로는.

출근 준비를 하는 원지석을 보고선 눈을 빛내더니, 옷자락을 잡으며 따라가고 싶다고 한 게 시발점이었다.

훈련장이라면 몰라도, 구단 사무실에 온다고 해서 문제가 되는 건 아니다. 그렇기에 얌전히 있겠다는 약속 정도로 올 수 있었다.

"이제 구경할까?"

"응!"

코치진과의 회의까지는 시간이 남았기에 원지석은 딸아이와 함께 구단 내부를 구경했다.

감독들이 앉아 기자회견을 하는 믹스트 존에서 사진을 찍기도 하고, 엘리라는 이름이 마킹된 유니폼도 샀으며, 탁 트인 경기장도 보았다.

"우와아!"

아빠의 어깨 위로 목말를 탄 엘리가 넓은 경기장을 보며 눈을 크게 빛냈다.

이전에도 종종 RB아레나를 찾은 적이 있지만, 색다른 분위기의 경기장은 아이에게 있어선 신기한 곳일 터였다.

그런 부녀의 모습에 캐서린이 쿡쿡 웃으며 사진을 찍었다. 가끔은 지나가는 관광객에게 부탁해 셋이 함께 사진을 찍기도 했다.

관광객 역시 방금 산 유니폼에 원지석의 사인을 받고선 함박웃음을 지으며 떠났다.

"이따 봐!"

"이따 봐요."

충분히 만족했는지 빵긋 웃은 엘리가 원지석을 향해 손을 흔들었다.

곁에 있던 캐서린이 그런 아이의 손을 잡으며 저녁에 보자는 말과 함께 눈을 찡긋거렸다.

"그럼 나도 슬슬."

떠나는 둘의 모습을 지켜보던 원지석이 몸을 돌렸다.

그때 그의 발걸음이 멈추었다.

소문을 듣고 왔는지, 줄을 서 있는 팬들이 있었기 때문이다.

"한 사람씩 줄 서세요."

그 역시 팬들의 사랑을 먹고 사는 사람이었기에, 원지석은 팔이 아플 때까지 사인을 해준 뒤에야 풀려나게 되었다.

*   *   *

―여기는 발렌시아의 홈인 누에보 메스타야입니다!

―챔피언스리그 진출권이 걸린 경기에서 세비야를 상대로 어떤 모습을 보여줄지, 잠시 후에 확인할 수 있겠습니다!

이후 며칠 동안.

원지석은 가족과 함께 지내며 한결 가벼워진 얼굴로 모습을 드러냈다.

"심리적인 여유가 생긴 거 같죠?"

"그러게."

"사랑의 힘이란 대단하군."

라커 룸에서 선수들에게 이야기를 하는 원지석을 보며 코치들이 중얼거렸다.

미묘하지만 분명히 느껴지는 차이였다.

어찌 됐든 나쁜 일은 아니었다.

"여기서 지는 건 용납 못 해. 반드시 이긴다."

마지막 점검을 끝낸 원지석이 먼저 라커 룸을 떠났다.

현재 라리가 3위와 4위인 AT 마드리드와 세비야의 승점 차이는 꽤 나는 편이었다.

사실상 4위를 두고 경쟁해야 하며, 이 티켓을 갖기 위해 우승 경쟁만큼 치열한 경쟁이 이어지는 상황.

세비야, 발렌시아만이 아니더라도 4위 자리를 노리는 팀은 많았다. 대표적으로 6위인 비야레알과의 승점 차이 역시 1점뿐이었고.

그랬기에 원지석은 이번 경기를 통해 확실히 앞서 나가기를 바랐다.

―아, 어린아이가 보이네요.

중계 카메라가 귀여운 아이와, 그런 아이를 안고 있는 아름다운 여인의 모습을 비추었다.

캐서린과 엘리였다.

엘리는 커다란 화면에 자기 모습이 보이자 그쪽으로 손을 흔들었다.

―하하, 귀엽네요.

―원지석 감독의 가족인 듯싶군요?

모녀가 앉은 곳은 구단 관계자들에게만 허용되는 VIP룸이었다. 특별한 좌석을 준비한다던 원지석이 본인의 말을 지킨 것이다.

"저기 아빠 보이지?"

"응!"

캐서린의 말에 엘리가 눈을 빛냈다.

피치 위에 선 아버지의 모습은.

평소와는 조금 달랐으니까.

─양 팀의 라인업입니다. 먼저 홈팀인 발렌시아부터 살펴보도록 하죠.

골키퍼 장갑은 하우메 도메네크가 꼈으며.

포백에는 가야, 토비, 무리요, 오드리오솔라가 자리를 잡으며 수비진을 구축했고.

중원에는 페란 토레스, 다니 파레호, 코클랭, 호드리구가.

최전방에는 산티 미나와 바르보사가 섰다.

─전체적으로 부분적인 로테이션이 들어간 442 포메이션입니다.

─핵심 공격수들은 자리를 지켰지만, 후반전엔 교체로 빠질 가능성이 크겠네요.

이에 맞서는 세비야의 라인업이 발표되었다.

거상이라는 별명답게 몇 명의 선수들을 제외하면 모두 유망주로 스쿼드를 꾸렸으며.

그중에서도 공격과 수비의 핵심적인 선수들이 눈에 띄었다.

공격진의 벤 예데르와 수비진의 시몬 키예르는 오랫동안 팀을 이끌어온 선수들이다. 거기다 지난 시즌부터 합류한 윙어, 루카스 모라는 뛰어난 퍼포먼스를 보여주었고.

'꼬마들만 있다고 해서 우습게 볼 순 없지.'

안경을 고쳐 쓴 원지석이 세비야 선수들을 주시했다. 저 유망주들의 활약으로 4위에 안착했으니 경험이 없다고 무시해선 안 될 일이었다.

삐이익!

경기가 시작되었다.

선축은 원정팀인 세비야가 찼으며, 최후방으로 공을 돌리며 차근차근 빌드 업을 쌓아갔다.

그렇게 발렌시아가 공을 끊어내고 역습을 시작하면, 세비야는 왕성한 활동량으로 압박을 하는 장면이 몇 번이나 반복되었을까.

─측면을 달리는 모라!

한때 PSG에서 활약한 모라가 긴 스루패스를 받으며 호드리구를 돌파했다.

세비야에서 다시 한번 전성기를, 아니, PSG 시절보다 더욱 뛰어난 활약이라는 평가를 받으며 부활에 성공한 그는 이번 경기에서 가장 조심해야 될 윙어였다.

원지석 역시 그런 점을 알고 있었다.

그랬기에 오드리오솔라에게 오버래핑을 최대한 자제시키며 모라를 막는 역할을 맡겼다.

―발렌시아 선수들이 모라를 집중 마크합니다!
―커버에 성공하는 코클랭!

모라가 선수들 사이로 탈압박을 하려는 순간, 먼저 자리를 잡은 코클랭이 공을 멀리 걷어내며 공격을 끊어냈다.

"못 받겠는데."

높이 떠오른 공을 보며 페란 토레스가 중얼거렸다.

걷어내는 데 중점을 두었기에 패스라고는 할 수 없는 공이었다.

그렇기에 이후 벌어진 일은.

세비야에겐 단순한 불행에 가까웠다.

―아! 이게 뭔가요!
―헤딩으로 소유권을 가져온다는 게 패스미스로 이어집니다!

그리 어려운 상황도 아니었다.

단순히 헤딩으로 공을 연결하면 되는 일이니까.

그게 하필이면 파레호에게 갈 줄은 아무도 상상하지 못했을 것이다.

ㅡ발렌시아의 역습이 시작됩니다!

ㅡ클래스가 돋보이는 패스!

세비야 선수들이 최대한 빨리 수비에 복귀하려 했지만, 발렌시아의 역습은 끊김 없이 계속해서 연결되었다.

바르보사가 헐렁이는 수비진 사이를 드리블하며 수비 라인을 흔들었고.

그 끝에는 산티 미나가 있었다.

ㅡ고오오올!

ㅡ주어진 찬스를 확실히 마무리하는 산티 미나! 킬러 본능을 모두에게 뽐냅니다!

골이 터진 것과 함께 터치라인에서 상황을 지켜보던 원지석이 주먹을 크게 휘두르며 기쁨을 표현했다.

그 손목에는.

엘리가 선물해 준 팔찌가 걸려 있었다.

*   *   *

―선제골에 크게 기뻐하는 원지석 감독!
―중요한 순간에 터진 골입니다!

"시발, 개같은."
실수를 저지른 선수가 황망한 얼굴을 들지 못했다. 그 역시 이번 경기가 얼마나 중요한지 알기 때문이다.
챔피언스리그.
누군가에겐 꿈의 무대로 불리는 곳.
세비야 선수들에게 있어서도 반드시 밟고 싶은 무대였다.
"계속 압박해!"
원지석은 이 기회를 놓치지 않았다.
고지를 점한 건 발렌시아다. 내려가기 싫은 세비야로서는 계속해서 부딪힐 수밖에.

―다시 한번 공을 끊어내는 코클랭!
―중원에서 자기가 할 일을 정말 잘해주고 있어요!

발렌시아의 중원을 구성한 파레호와 코클랭의 역할 분담은 확실히 나뉘었다.
코클랭은 다른 동료들의 몫까지 움직이며 궂은일을 책임졌고, 앞으로 나아가는 대신 파레호에게 공을 넘겼다.

―전방으로 공을 보내는 발렌시아.

―바르보사에게 정확히 전해집니다.

어찌 보면 첫 골의 기점이 되었던 장면과 흡사했다. 세비야에서도 그걸 의식했는지, 이번엔 흔들리지 않도록 수비 라인을 단단히 잡았다.

하지만 바르보사는 전처럼 직접 드리블을 하지 않았다.

측면으로 슬쩍 공을 흘린 곳에는, 언제 왔는지 모를 호드리구가 있었으니까.

―침투하는 호드리구!

―다른 선수들 역시 유기적으로 움직이며 자리를 잡네요!

호드리구는 바로 지난 시즌까지 팀 내 핵심 공격수로서 중용받았지만, 처음부터 그런 건 아니다.

오히려 이적하고 나서 두 시즌은 극심한 부진에 빠지며, 전형적인 먹튀에 가까웠다.

더군다나 클럽 레코드를 깨며 데려온 선수였기에 팬들의 불만은 극에 달했다. 멘데스에게 호구 잡혔다는 말도 이때부터 들릴 정도였고.

―바르보사와 스위칭을 하는 호드리구!

―좋은 움직임이에요!

그랬던 먹튀가 변하게 된 계기로는 측면공격수와의 유기적인 호흡이 꼽혔다.

당시 PSG에서 임대로 데려온 곤살루 게드스는 발렌시아의 크랙이 되었고, 덩달아 호드리구까지 부활하는 계기가 되었다.

오늘 전술을 구상하는 데 원지석은 그런 점을 참고했다.

바르보사의 폼이 올라오며 호드리구를 위한 전술적인 움직임을 가져오기가 한결 더 쉬울 터.

"좀 더 들어가!"

산티 미나의 말에 고개를 끄덕인 페란 토레스가 좀 더 안쪽으로 드리블을 했다.

호드리구와 바르보사가 끊임없이 스위칭을 하고, 그런 둘에게 가해지는 압박을 덜기 위해 다른 선수들은 세비야의 수비를 흔들었다.

―수비수를 따돌리는 토레스!
―측면을 종횡무진 누빕니다!

첫 골에서 실점의 빌미를 내준 세비야의 오른쪽 풀백은 여전히 멘탈을 잡지 못했는지, 계속해서 휘둘리는 모습을 보였다.

덕분에 토레스는 한결 편안하게 크로스를 올렸고.

이를 호드리구가 발리슛으로 마무리하며 골 망을 흔들었다.

—고오올! 아주 멋진 플레이 끝에 골을 추가하는 발렌시아!

—정말 쉽게 골을 넣는다는 느낌마저 들었어요!

와아아아!

사람을 현혹시키는 환상적인 골에 누에보 메스타야가 거대한 함성으로 울렸다.

골을 넣은 호드리구는 동료들과 포옹을 하며 기쁨을 나누었고, 팬들에게 키스를 날려 보냈다.

—이 장면입니다.

—순간적이지만 아주 재치 있었던 호흡이었어요.

중계 화면에 리플레이가 재생되었다.

토레스가 크로스를 올리기 직전.

바르보사가 수비진 사이를 빠져나가며 시선을 끌었고, 그 빈자리를 쇄도한 호드리구가 어렵지 않게 마무리하는 장면이.

"정신 똑바로 차려!"

세비야의 감독이 버럭 소리를 지르며 선수들을 다그쳤다. 첫 골은 단순한 실수라 쳐도, 두 번째 골은 나와서는 안 될 실점이었다.

'유로파의 제왕이고 나발이고.'

진정한 강팀으로 거듭나려면 챔피언스리그에서 자신을 증명해야 하는 법.

그러기 위해서라도 현재 위치한 4위에서 떨어질 수는 없었다.

—세비야가 라인을 올리며 공격을 퍼붓습니다!

그들은 두 골에서 몇 골을 먹히든 똑같다는 것처럼 공격적인 전술을 꺼냈다.

발렌시아는 그런 전술을 역으로 이용하기 위해 빠른 역습으로 대응하며 세비야의 골문을 노렸다.

두 팀의 그런 전술에 있어 가장 중요한 건 수비였다. 우선 골문 앞을 든든히 지켜야 공격을 나설 테니까.

—벤 예데르를 놓치지 않는 무리요!
—토비와 꽤나 좋은 호흡을 보여주는군요!

파이터형 센터백인 무리요는 토비의 지시에 따라 흔들림 없이 좋은 수비를 보였다.

그렇게 스코어의 변화 없이 시간은 흘렀다.

"슬슬 준비하자."

"그러죠."

케빈의 말에 원지석이 고개를 끄덕였다.

후반 60분쯤 되었을까.

발렌시아는 선수교체를 준비했다.

산티 미나가 빠진 자리에는 콘도그비아가, 바르보사가 빠진 자리에는 후벤 베주가 들어갔다.

—핵심 공격수들이 빠지며 페란 토레스와 호드리구가 최전방에 올라갔습니다.
—다가올 레알 마드리드전을 준비하는 거 같죠?

교체로 들어간 선수들을 보자면 공격을 위한 선택은 아니었다.
원지석은 현재 상황을 그대로 유지하길 원했고, 동시에 선수들에게 체력적인 안배를 주기 위해서였다.
또한 페란 토레스와 호드리구의 투톱이 얼마만큼의 시너지를 보여줄지 확인할 기회였고.

—토레스의 슈팅을 막아내는 시몬 키예르!
—발렌시아의 빠른 역습이었습니다!

찬스를 놓친 토레스가 아쉬움에 머리를 긁었다.
아무래도 새로운 투톱의 호흡은 조금 더 지켜봐야 될 모양이었다.
삐이익!
마침내 경기가 끝났다.
스코어는 2 : 0으로, 강등권에 있었던 발렌시아가 챔피언스리그 진출권에 진입한 순간이었다.

원지석은 가족이 있을 VIP룸을 향해 손을 흔들었다. 먼 거리였지만, 중계 카메라가 손을 흔드는 엘리를 비추었기에 모두가 훈훈한 미소를 지었다.

「[마르카] 세비야를 꺾은 발렌시아!」
「[스포르트] 발렌시아, 4위로 오르다!」

순위표에 작은 변화가 생겼다.

4위로 올라선 발렌시아, 5위로 내려간 세비야, 6위에는 비야레알이.

세 팀의 승점 차가 그리 크지 않은 만큼, 바뀔 가능성은 얼마든지 존재했다.

「[수페르 데포르테] 누에보 메스타야를 찾은 승리의 요정?」

한편 경기가 끝난 뒤 엘리의 모습이 화제가 되기도 했다. 처음 찾아온 경기에서 수월하게 승리를 거둔 점이나, 귀여운 외모가 화제가 되었기 때문이다.

「[수페르 데포르테] 원지석의 팔목에 걸린 것은?」

"이거요? 딸이 만들어준 겁니다."

와이셔츠의 소매를 걷으며 팔찌를 드러낸 원지석이 미소를 지었다.

마치 팔불출처럼 자랑하는 그 모습이 영 낯설었는지, 혹여 헛것을 봤나 싶은 기자들이 눈을 비볐다.

"딸 바보군."

"팔불출이야."

전체적으로 엉성한 팔찌였지만 사람에 따라선 억대의 시계보다 귀한 물건이 되기도 한다.

피치 위에선 워낙 날카로운 인상이 강했기에 의외라면 의외인 모습이었다.

그런 딸아이도 계속해서 발렌시아에 머무를 수는 없었다.

언젠가는 런던으로 돌아가야 했고.

그때가 지금이었다.

"싫어어!"

빼액 소리를 지른 엘리가 원지석의 옷을 놓지 않았다. 오늘 아침까지만 하더라도 무엇을 할까 고민하고 있었는데, 돌아가야 한다는 말에 이런 상황이 되었다.

손에 들고 있던 장난감을 떨어뜨린 엘리는 굵은 눈물을 흘리며 아빠를 올려다보았다.

"여기에 있을 거야!"

돌아가기 싫다며 떼를 쓰는 딸아이를 보며 원지석이 쓴웃음을 지었다.

마음 같아선 그 역시 엘리와 함께하고 싶었지만, 여기에 있어봤자 돌보지 못할 시간이 많았다.

거기다 어릴 때부터 이곳저곳을 떠돌아다니는 건, 별로 좋지 못한 일이라는 걸 몸소 체험하지 않았던가.

아이를 안아 올린 그가 달래듯 등을 이루만져 주며 속삭였다.

"엘리, 다음 주에는 아빠가 꼭 런던에 갈게. 그때까지는 참을 수 있지?"

"정말?"

"응. 약속할까?"

엘리가 힘들게 고개를 끄덕였다.

붉게 부어오른 아이의 눈망울을 보며 원지석이 볼을 비볐다.

"약속이야?"

"응. 곧 겨울 휴식기거든. 돌아가면 맛있는 것도 많이 만들어 줄게."

그렇게 캐서린과 엘리를 공항까지 바래다준 그는 다시 구단으로 향했다. 현재 구단의 분위기는 어느 때보다 긴장되어 있었다.

"호랑이 잡으러 갈 준비합시다."

원지석의 말에 코치진들이 고개를 끄덕였다.

레알 마드리드.

연고지 라이벌들보다 더한 앙숙인 그들.

이제 며칠 뒤면 그 레알 마드리드를 상대해야 된다.

소집 명단은 이미 구성되었다. 남은 건 대응 전술을 더욱 가다듬는 것뿐.

"선수들 몸 상태는 어때요?"

"문제없습니다."

"뭐 갑자기 사정이 생긴 사람은?"

"없어요."

그런 말이 오가는 사이 원지석은 훈련장에 도착했다.

선수들 역시 다가올 빅 매치를 앞두고선 평소보다 긴장을 하고 있는 건지, 입을 꾹 닫으며 훈련을 소화하고 있었다.

"감독 따라 닮는 건지."

하지만 케빈은 녀석들의 입에 작게 걸린 웃음을 발견하곤 머리를 긁적였다.

단순히 긴장으로 얼어 있는 게 아니다.

기대감과 뒤섞인, 당장에라도 싸우고 싶다는 호승심.

쾅!

그 마음을 표현하듯 산티 미나가 골 망을 흔들었다.

*   *   *

─사람들이 고대하던 경기가 다가왔군요!

─레알 마드리드와 발렌시아의 대결을 산티아고 베르나베우에서 보내 드립니다!

중계 화면에 버스에서 내리는 발렌시아 선수들의 모습이 잡했다.

에스타디오 산티아고 베르나베우.

이곳은 호랑이 굴이다.

그들은 사냥꾼이었고.

호랑이를 잡기 위해 굴에 들어간 이상, 몸 성히 나올 거란 생각은 접어두는 게 좋았다.

"지금 우리는 4위지만 여기서 패배한다면 의미가 없다."

유니폼으로 갈아입은 선수들을 보며 원지석이 그렇게 말했다. 세비야, 비야레알 같은 팀들과의 승점 차이를 벌리려면 승점은 필수였다.

최소한 무승부를 거둬야 했고.

그들은 이길 각오로 싸울 것이다.

"가자."

터널을 지나치자 경기장을 가득 채운 관중들이 쩌렁쩌렁 울리는 함성이 느껴졌다.

할라 마드리드!

흰색으로 물든 그들을 멍하니 볼 때, 원지석을 향해 다가오는 사람이 있었다.

"원! 편히 쉬다 가요."

오늘 상대해야 될 적장인 오르텐시오 베나벤티였다. 그는 반짝이는 웃음과 함께 손을 내밀었다.

놀러온 친구를 대하는 것 같은 태도였다.

자신감인지, 오만함인지. 어쩌면 도발을 목적으로 한 심리전

일지도 몰랐다.

원지석은 대답 대신 조용히 고개를 끄덕였다.

―양 팀의 감독이 인사를 나누고 있네요.

―미래를 대표하게 될 두 감독이 이렇게 빨리 재회를 할 줄은, 예상하지 못한 사람이 많을 겁니다.

그동안 승승장구하던 원지석을 중요한 고비마다 물리친 오르텐시오다. 그렇기에 천적이라 불리는 사람과의 대결은 많은 기대를 모았다.

―먼저 홈팀인 레알 마드리드의 라인업입니다.

골키퍼 장갑은 케파가 꼈으며.

포백에는 테오 에르난데스, 헤수스 바예호, 바란, 카르바할이 서며 수비 라인을 구축했고.

중원에는 코바치치, 카세미루, 크로스가.

최전방에는 이스코, 해리 케인, 살라가 자리를 잡으며 433 포메이션을 완성했다.

―무시무시한 공격진이군요.

―그런 공격진을 잘 막아낼 수 있을지, 원정팀인 발렌시아의 라인업입니다.

골키퍼 장갑은 하우메 도메네크가 꼈으며.

포백에는 가야, 토비, 데 리흐트, 오드리오솔라가.

중원에는 페란 토레스, 데니 세바요스, 콘도그비아, 솔레르가.

최전방에는 산티 미나와 바르보사가 서며 442 포메이션을 완성했다.

삐이익!

휘슬과 함께.

자존심이 걸린 경기가 시작되었다.

*   *   *

―전방을 향해 빠르게 연결하는 토니 크로스.

―바로 공격을 시도합니다.

오르텐시오는 복잡한 전술을 꺼내지 않았다.

중원에서는 볼을 빼앗기지 않고, 질 좋은 패스를 뿌리며, 공격은 공격수들에게 맡긴다.

말은 쉽지만 어찌 보면 가장 어려운 전술이기도 했다.

―가야를 따돌리는 살라! 엄청난 스피드입니다!

크로스의 날카로운 패스를 받은 살라가 공을 톡 치고선 몸을 뺀 뒤, 순간적인 스피드를 폭발시키며 가야를 따돌렸다.

다만 중앙으로 들어가기엔 발렌시아 선수들이 밀도 높은 수비 라인을 구축한 상황.

윙어인 페란 토레스마저 그 주변을 커버하는 걸 보며 살라가 혀를 찼다.

"살라! 여기! 여기로!"

그 순간 수비벽을 앞에 둔 케인이 손을 흔들었다. 고민은 길지 않았다. 살라의 스루패스가 수비수들 사이로 흘렀고, 그것을 케인이 그대로 슈팅으로 마무리했다.

쾅!

강하게 쏘아진 슈팅이 도메네크의 손을 맞고 벗어났다.

─돌파하는 대신 직접 슈팅을 때리는 케인!
─레알 마드리드의 코너킥이 선언됩니다!

꽤나 먼 거리에서 찼지만 까딱했으면 골이 들어갔을 정도로 날카로운 슈팅이 나왔다.

어쩌면 두터운 수비벽에 가장 효과적인 대응법일지도 몰랐다.

"좀 더 달라붙어! 아예 숨을 쉴 공간을 주지 말라고!"

원지석의 쓴소리에 콘도그비아가 머쓱한 얼굴로 고개를 끄덕였다.

방금 장면에선 그가 끝까지 압박을 하지 못한 게 컸다.

하지만 어느 위치에서든 위협적인 슈팅을 만들어내는 케인을 상대하는 건 여간 까다로운 게 아니다.

-공을 넘기는 테오 에르난데스.
-지공을 선택합니다.

이어진 코너킥에선 높이 크로스를 올리는 대신, 옆에 있던 이스코에게 공을 넘기며 세트피스가 시작되었다.

페널티에어리어 안에 있는 선수들은 움찔움찔 움직이며 이스코를 쫓았다.

-중앙으로 스루패스를 찌르는 이스코!
-크로스의 슈우우웃!

이번에는 크로스가 꽤나 먼 거리에서 기회를 노려보았다. 하지만 같은 동료인 레알 마드리드 선수의 등을 맞고 아웃 되며 무산되고 말았다.

이후 도메네크의 패스와 함께 역습이 시작되었다.

발렌시아는 중원을 통해서 공격을 풀어나가는 전술을 택했다.

공 운반은 윙어들과 풀백들에게 맡겼고, 윙어들은 최전방공격수들과의 호흡으로 수비진을 흔들었다.

―토레스의 패스를 끊어내는 카르바할!

―레알 마드리드가 역습에 나섭니다!

레알 마드리드는 이번에도 빠르고 간결한 전개를 통해 발렌시아의 골문을 노렸다.

오르텐시오는 선수들의 개인 능력을 극대화하는 쪽으로 전술을 구상했고, 이런 직접적인 전술은 단순하지만 그만큼 파괴적이었다.

―페널티에어리어까지 돌파한 살라!

―살라아아아!

측면을 돌파한 살라가 페널티에어리어 외곽 쪽에서 몸을 한번 접었다.

슈팅 각도를 만들기 위한 움직임이란 걸 눈치챈 토비가 각도를 좁히려 다가갔지만, 이미 공은 살라의 발끝을 떠난 뒤였다.

―고오오올! 골입니다 골!

―인사이드로 감아 때린 슈팅이 부드럽게 골 망을 흔드는군요!

환상적인 골을 성공시킨 살라가 관중들 앞에 달려가 셀레브레이션을 펼쳤다.

"엄청나군."

원지석이 아랫입술을 깨물며 살라를 보았다. 선수들 개개인
이 세계 최고의 퍼포먼스를 뽐내는 스쿼드였기에 가능한 전술
이었고, 그게 발렌시아의 골 망을 흔들었다.

'이렇게나 힘든 팀이었나.'

첼시나 라이프치히를 이끌고 상대했을 때와는 그 무게감이
전혀 달랐다.

'이게 갈락티코.'

은하수를 뜻하는 스페인어.

그 말처럼 슈퍼스타들을 수집하며 위명을 떨친 레알 마드리
드의 이적 정책.

만약 여기에 루머로 떠돌던 네이마르까지 합류한다면 어떤
팀이 나올지 상상하기 어려웠다.

삐이익!

이어서 골을 먹힌 발렌시아의 선축으로 경기가 재개되었다.

아직 경기 시간은 충분히 남았다. 발렌시아는 레알 마드리드
의 골문을 계속해서 노리며 만회골을 만들 기회를 엿보았다.

―코바치치에게 공을 빼앗기는 세바요스!

―세바요스 선수가 부진을 면치 못하는군요.

―실패를 겪었던 친정 팀이기에 부담감이 심한 걸까요?

평소 발렌시아의 중원을 이끌었던 세바요스는 오늘따라 부

진한 모습을 보이며 별다른 활약을 하지 못했다.

지금처럼 무리한 드리블로 공을 빼앗기거나, 공격 전개 역시 끊어먹는 느낌마저 들 정도로.

─냉정히 말해서, 오늘 세바요스의 퍼포먼스는 레알 마드리드에서 방출이 되었을 때의 그것과 흡사하군요.

중계진의 혹평과 함께 카메라가 세바요스의 얼굴을 잡았다.

처음엔 그렇지 않았겠지만, 반복되는 실수가 점점 조급함을 만드는 악순환이 되었다.

결국 금방 있었던 실수는.

추가 실점의 계기가 되고 말았다.

코바치치는 측면에 있던 테오에게 공을 연결했고, 터치라인을 따라 달리던 그는 긴 땅볼 패스를 찌르며 이스코에게 보냈다.

─바로 얼리크로스를 올리는 이스코!

─케이이인!

측면 플레이메이커인 이스코가 지체 없이 공을 올렸고, 이를 케인이 헤딩으로 마무리하며 골 망을 흔들었다.

와아아아!

전반전에만 두 골이 터지자 산티아고 베르나베우의 관중들이 엄청난 함성을 질렀다.

—다시 한번 레알 마드리드의 공격진이 골을 합작합니다!

—이 선수들을 누가 막을 수 있을까요!

기세는 레알 마드리드에게 기운 것 같았다.

현재 2위와의 승점 차이는 4점. 이 경기에서 승리를 거둔다면 7점까지 벌리는 게 가능하고, 우승 레이스에 있어 꽤나 좋은 위치를 선점할 수 있었다.

삐이익!

결국 전반전을 종료하는 휘슬이 울렸다.

발렌시아는 쓸쓸히 라커 룸으로 돌아갔다.

"엉망이구나."

원지석은 그런 선수들을 보며 읊조리듯 말했다.

"엉망진창으로 무너졌어. 나도, 너희들도."

쓰게 웃은 그가 이윽고 한숨을 쉬었다. 준비한 전술은 분명 완벽해 보였지만, 상대 선수들은 그걸 비웃듯 허물었다.

'상대 선수들? 아니.'

결국 오르텐시오에게 한 방 먹은 것이다.

원지석은 순순히 그걸 인정했다.

문제를 해결하는 데 있어서 가장 중요한 건 문제를 직시하는 거였다.

"나는 이대로 절대 못 물러난다."

넥타이를 거칠게 풀어버린 그가 와이셔츠의 단추들도 하나씩 풀었다.

소매를 걷고, 이윽고 목을 채운 단추마저 푼 원지석이 해방 감에 긴 숨을 내쉬었다.

"겁먹은 사람은 지금 말해. 오줌 지리기 전에 빼줄 테니까."

사나운 그 모습을 기다리고 있었다는 듯.

선수들은 이를 드러내며 웃었다.

*   *   *

─레알 마드리드와 발렌시아의 후반전이 곧 시작됩니다!

─전반전에선 살라와 케인의 골에 힘입어 레알 마드리드가 앞 서 나간 상황입니다. 이를 만회하기 위해선 발렌시아의 분투가 필요해 보이네요.

선수들이 다시 그라운드에 입장했다.

양 팀 모두.

교체된 선수는 없었다.

"오르텐시오? 왜 그럽니까?"

"보이지 않습니까?"

"네?"

레알 마드리드의 벤치에 있던 코치가 멍하니 있는 오르텐시 오를 보며 고개를 갸웃거렸다.

대체 뭐가 보인다는 건지.

고개를 돌려 그라운드를 보았지만 딱히 이렇다 할 건 보이지 않았다.

"재미있군."

동전을 만지작거리던 그가 미소를 지었다.

느낄 수 있었다.

발렌시아 선수들의 눈빛이 바뀌었다는 걸.

전반전까지만 하더라도 겁에 질린 강아지 같았는데, 지금 와서는 흉흉한 빛나고 있지 않은가. 당장에라도 눈앞의 선수들을 씹어 먹으려는 것처럼.

'무슨 일이 있었지?'

여태까지의 감상을 말하자면 솔직히 실망한 게 사실이다.

원지석이 이끌던 라이프치히는 지금보다 훨씬 강한 팀이었으니까. 단순히 축구 스킬만이 아니라, 정신력에서도 감탄을 불러일으켰을 정도로.

그랬던 팀을 다시 한번 기대했던 오르텐시오에게 전반전은 실망스러운 편이었다.

하지만 후반전에 들어서.

발렌시아 선수들에게 그때와 비슷한 느낌이 전해졌다.

'하지만 그때보다 못하면, 결국 바뀌는 건 없을 텐데.'

오르텐시오가 허공에 동전을 튕겼다.

동전은 던져졌다.

동시에 주심의 휘슬이 경기 재개를 알렸다.

―천천히 공을 돌리는 발렌시아. .

―레알 마드리드의 압박에도 차근차근 공을 돌립니다.

후반에 들면서 바뀐 점이 있다면 점유율이었다. 발렌시아는 그들이 공을 가지지 못하도록 공을 돌렸고, 이렇다 할 틈이 보이지 않을 때에는 백패스를 보냈다.

우우우우!

레알 마드리드의 홈 팬들이 지루하다며 야유를 퍼부었지만 발렌시아가 신경 쓸 필요는 없다.

그들은 묵묵히 그들의 플레이를 계속했다.

―거의 433 같은 포메이션으로 움직이는군요.

―바르셀로나가 비슷한 경기를 했었지만 결국 졌었거든요? 발렌시아는 어떤 결과를 만들지 궁금하네요.

페란 토레스가 측면공격수처럼 더 높이 올라갔으며, 세 명의 미드필더는 중원에서 볼을 배급했다.

그중에서도 세바요스는 드리블을 하며 공격과 중원을 이어주는 이음새가 되었다.

'욕심부리지 마.'

라커 룸에서 감독이 했던 말을 떠올린 세바요스가 시야를 넓게 보았다.

다른 팀들을 상대로는 잘만 통하던 드리블이 번번이 막히자

당황했던 게 사실이다. 그렇기에 원지석은 그에게 새로운 옷을 입혔다.

세바요스는 하프 윙처럼 압박을 덜 받는 측면으로 빠지며 좀 더 자유롭게 움직였다.

―카르바할을 따돌리는 세바요스!
―전반전과는 꽤나 달라진 움직임이네요!

계속해서 드리블을 하던 그는 레알 마드리드의 선수들이 압박을 하는 걸 보며 혀를 찼다.

마음 같아선 욕심을 부리고 싶지만, 터치라인에 있는 감독의 시선이 무서웠기에 감히 그러진 못했다.

―다시 중원으로 백패스를 합니다.
―반대쪽 측면으로 공을 연결하는 솔레르!

발렌시아는 백패스와 전진패스를 계속해서 혼합했고, 공이 없는 선수들은 패스를 받기 좋은 곳을 찾으며 끊임없이 움직였다.

레알 마드리드는 공간을 수비하며 그들의 움직임에 현혹되지 않았다.

아무리 공을 돌린다고 해도 페널티에어리어를 넘지 못한다면, 결국 의미 없는 애무일 뿐이다.

―패스를 커버한 레알 마드리드가 역습을 시작합니다!

때로는 발렌시아의 공격이 막히며 레알 마드리드의 역습이 시작되기도 했다.

그럴 때는 강한 압박으로 살라와 해리 케인을 조였으며, 가장 무서운 선수들을 틀어막았다.

―뒤꿈치로 패스를 하며 침투하는 바르보사!

그러다 한 번.

바르보사의 순간적인 침투와 함께 레알 마드리드의 수비진이 흔들렸다.

―오드리오솔라까지 가세하며 우측 측면을 흔듭니다!

패스를 받은 오드리오솔라가 측면 깊숙이 들어가며 이제 오프사이드는 사실상 의미가 없는 상황.

발렌시아의 선수들이 순식간에 페널티에어리어를 향해 뛰었다.

오드리오솔라는 솔레르에게 스루패스를 찔렀고, 솔레르는 쉬지 않고 수비 라인을 타던 바르보사에게 원터치 패스를 찔렀다.

―바르보사의 슈우우웃!

―아! 아니에요! 몸을 한 번 접는 바르보사!

슈팅 자세를 취하는 그를 보며 바예호가 몸을 던졌지만, 그건 속임수였다.

살라의 첫 번째 골처럼.

바깥 발로 공을 밀어내며 스텝을 밟은 바르보사가 슈팅 각도를 만들었다.

―골입니다 골! 멋진 플레이로 한 골을 만회하는 발렌시아!

―가비골의 환상적인 왼발 슈팅이었어요!

바르보사가 자신의 왼쪽 가슴을 두드리며 포효했다. 그리고는 터치라인까지 달리며 원지석을 껴안았다.

곧 다른 선수들이 셀레브레이션에 합류하며 원지석은 선수들 사이에 둘러싸이게 되었다.

"이제부터야."

마찬가지로 바르보사를 꽉 껴안으며 등을 두드리던 원지석의 작은 중얼거림처럼.

경기는 이제부터 시작이다.

*　　　　*　　　　*

발렌시아가 한 골을 만회하며 경기장의 분위기는 새롭게 바뀌었다.

―강하게 밀어붙이는 카세미루!
―레알 마드리드 중원의 압박이 거세지는군요!

카세미루가 공을 몰고 드리블을 하던 토레스를 거칠게 막았다. 하지만 발을 먼저 건드렸기에 주심이 파울을 알리는 휘슬을 불었고, 동시에 옐로카드가 꺼내졌다.

―쓰러지는 토레스!
―계속된 반칙 끝에 결국 옐로카드가 나옵니다.

이미 몇 번의 파울과, 구두 경고까지 주어졌기에 망설임 없이 꺼내진 카드였다.

레알 마드리드는 발렌시아의 점유율을 뺏어오기 위해 거친 플레이도 마다하지 않았다. 실제로 패스플레이가 삐걱거리며 끊어지고 있었으니까.

―프리킥을 준비하는 세바요스.
―옆에 있던 가야를 봅니다.

하프라인 근처에서 프리킥을 준비하던 세바요스가 측면을 향해 길게 공을 보냈다.

패스를 받은 가야가 빠르게 측면을 질주했고, 이윽고 강한 크로스를 올렸다.

"시발, 내 거다!"

그렇게 소리친 콘도그비아가 높이 뛰어올랐다. 188㎝인 그는 팀의 세트피스에서 가장 위협적인 선수이기도 했다.

텅!

콘도그비아의 헤딩이 골대를 맞고 튕겼다.

─아웃 되는 슈팅!
─동점의 기회가 날아갑니다!

그가 얼얼한 느낌이 남은 자신의 민머리를 찰싹 쳤다. 땀에 젖지 않았으면 빗나가지 않았을까, 그런 생각도 해보고.

"앞으로 세트피스전에는 수건으로 머리를 닦는 게 어때? 볼링공처럼."

"나가 뒈져."

솔레르가 장난스럽게 뱉은 말에 콘도그비아가 침을 퉤 뱉었다.

그 말을 들은 다른 발렌시아 선수들이 웃음을 터뜨렸고, 그들을 보는 레알 마드리드 선수들은 어깨를 으쓱였다.

"지금 우리가 이기고 있는 거 맞지?"

"그렇지. 전광판이 거짓말을 하는 게 아니라면."

스코어는 2 : 1.

분명 레알 마드리드가 앞서 나가는 상황.

하지만 왜 저놈들이 웃고 있는 건지.

"저런 성격이었나?"

누군가는 익살스럽게 장난을 치는 발렌시아 선수를 보며 고개를 갸웃거리기도 했다.

어찌 됐든.

그들로서는 현재 경기를 승리로 마무리하기만 하면 된다.

케파가 공을 멀리 보내며 경기가 다시 시작되었다. 더 이상의 골은 용납하지 않겠다는 듯 레알 마드리드는 강한 압박에 들어갔다.

"뺏었다!"

"이쪽으로!"

코바치치와의 몸싸움에서 승리한 콘도그비아가 고개를 돌렸다.

세바요스가 자유롭게 달리는 게 보였고, 그쪽으로 패스를 하려 할 때.

—슬라이딩태클로 공을 끊어내는 카세미루!

—후반전부터는 세바요스의 곁에서 떨어지지 않는군요!

전술이 바뀌며 세바요스의 퍼포먼스 또한 눈에 띄게 달라진 편이었다. 다른 것보다 조급함을 덜어냈다는 느낌이 전해질 정도로.

카세미루는 그런 세바요스를 가만두지 않았다.

거의 전담마크 하다시피 따라다니고, 압박을 하며, 때로는 거칠게 몸을 부딪쳤다.

"돌아가면 패스 연습이나 해!"

"닥치고 달려!"

발렌시아 선수들이 서둘러 수비에 복귀하며 레알 마드리드의 역습을 막았다.

누가 공을 잡으면 빼앗고.

패스를 하면 걷어내며.

그런 싸움이 끝없이 이어지면서 공의 소유권을 계속해서 주고받았다.

―치열해요! 치열합니다!

―양 팀의 선수들이 끊임없이 역습을 이어가고 있어요!

"죽을 거 같네."

공격과 수비를 책임지던 가야가 땀을 닦으며 중얼거렸다. 입에서 단내가 느껴졌다.

"빠질 거야?"

"그럴 수는 없죠."

토비의 말에 가야가 고개를 저었다.

현재 그들은 발렌시아의 페널티에어리어 앞에서 수비벽을 쌓고 있었다.

근처에는 레알 마드리드의 선수들이 혹여 오프사이드 라인을 벗어날까 어슬렁거리는 중이었고.

―레알 마드리드의 프리킥.

―키커로는 세 명의 선수가 섰군요.

케인, 크로스, 이스코.

세 명 모두 슈팅이나 장거리 패스에 일가견이 있는 선수다. 그중 누가 차더라도 발렌시아 입장으로서는 위협적인 상황.

곧 주심의 휘슬과 함께.

해리 케인이 먼저 발걸음을 뗐다.

그 뒤를 이어 크로스가 뒤따라 달렸기에 어떤 선수가 찰지는 확실하지 않았다.

슈팅을 하기엔 먼 거리여서 케인은 속임수고, 뒤이어 달려오는 크로스가 패스를 할 거라 생각했지만.

그런 사람들의 예상을 깬 케인이 직접 슈팅을 날렸다.

―케이이인!

―작정하고 때립니다!

쾅!

제대로 노리고 찬 중거리 슈팅이 골문을 향해 쏘아졌다.

이미 사전에 계획된 프리킥이었는지 그 슈팅을 보며 카르바할이 몸을 비켰다.

빈자리로 향하던 슈팅은.

근처에 있던 토비가 몸을 날리듯 발등으로 걷어내는 데 성공했다.

─중앙으로 높이 떠오르네요.

모두가 높이 떠오른 공을 보았다.

아니, 모두가 그런 건 아니다.

터치라인에 서 있던 오르텐시오와 원지석이 동시에 소리를 질렀다.

"뛰어!"

공이 떨어지는 방향으로, 먼저 정신을 차린 산티 미나가 미친 듯이 그라운드를 뛰었다.

레알 마드리드의 선수들이 수비에 복귀하는 게 보이자 그는 측면으로 빠지며 다리를 멈추지 않았다.

"미나!"

페널티에어리어까지 도착한 산티 미나가 주위를 쭉 훑었다.

반대쪽 측면에서 달려오는 바르보사와.

그의 뒤로 달려오는 가야.

거기다 그를 잡아먹을 듯 쫓아오는 레알 마드리드의 선수들까지.

계산은 끝났다.

산티 미나가 뒤꿈치로 공을 밀며 힐패스를 보내고선, 본인은
그대로 페널티에어리어를 침투했다.

─가야가 그대로 크로스를 올립니다!

─바르보사의 헤딩!

레알 마드리드의 선수들이 바르보사를 놓치지 않으며 그 주
변을 둘러쌌다.

골문으로 헤딩하기엔 각도가 좋지 않은 상황.

하지만 바르보사는 그쪽이 아닌, 침투해 오는 산티 미나 쪽
으로 헤딩을 보냈다.

"으아아아!"

산티 미나가 비명을 지르듯 슈팅을 때렸다.

일직선으로 뻗어지는 공은.

놀랍게도, 케파가 뻗은 손을 맞고 튕겼다.

'아 시발.'

다리에 힘이 풀린 산티 미나가 주저앉을 쯤, 튕긴 공을 향해
달려오는 사람이 있었다. 필사적으로 달려오는 세바요스가.

아직 발렌시아의 공격이 끝나지 않았다.

─세바요스! 한 번 접고! 세바요스으으!

―고오오오올! 발렌시아가 기어코 두 번째 골을 터뜨리네요! 이걸로 스코어는 2 : 2! 동점입니다!

세컨드 볼을 욱여넣는 데 성공한 세바요스가 높이 뛰어오르며 어퍼컷을 올렸다.

아니, 그것만으로 멈추지 않고 관중석을 향해 무릎을 미끄러뜨리는 셀레브레이션을 보여주었다.

―재미있는 상황입니다! 자신을 버린 클럽에게 복수를 하러 돌아온 세바요스!

―하하, 너무 기뻐하는 거 아닌가요?

보통 친정 팀을 상대로 골을 넣을 땐, 그에 대한 예우로 셀레브레이션을 하지 않는 선수들이 많지만.

세바요스 같은 경우엔 나갈 때 워낙 잡음이 많은 편에 속했다.

특히나 팀을 떠난 뒤엔 인터뷰를 통해 저격까지 했을 정도니 그 서러움이 많았던 모양이었다.

우우우우!

레알 마드리드의 관중들이 그런 세바요스에게 야유를 보냈다. 누군가는 휴지 두루마리를 던졌고.

"저 미친 새끼, 저거."

벤치에서 그걸 지켜보던 케빈이 싱글벙글 미소를 지으며 입을 열었다. 돌아이 같은 녀석은 싫어하지 않았으니까.

세바요스는 거기서 멈추지 않고 귀에 손을 댔다. 더 소리쳐 보라는 듯이 말이다.

곧 주장 완장을 찬 가야가 그런 세바요스에게 몸을 던졌고, 발렌시아 선수들이 그 위로 하나둘씩 몸을 올리며 높이 탑을 쌓았다.

그 도발적인 셀레브레이션의 영향 때문일까.

아니면 반드시 승점을 챙기겠다는 의지일지 몰라도.

양 팀 모두 불이 붙으며 남은 시간 동안 거세게 충돌했다.

─아! 이걸 놓치네요! 살라답지 않은 실수!

─남은 시간이 많지 않아요!

일대일 상황에서 골대를 맞춘 살라가 얼굴을 움켜쥐었다. 동시에 산티아고 베르나베우에 거대한 한숨 소리가 울렸다.

시간이 시간인 만큼 원지석은 교체 카드를 꺼내며 변화를 주었다.

오늘 동점골의 주인공인 세바요스가 빠질 때에는 거대한 야유가 울렸으며, 발렌시아 선수들이 공을 잡을 때에도 시종일관 야유가 쏟아졌다.

"쫄지 마! 한 골만 더 넣으면 울음소리가 들릴 테니까!"

원지석은 선수들을 격려하며 그런 야유에 흔들리지 않도록 했다.

하지만 레알 마드리드의 골문은 쉽게 열리지 않아 결국 그 대로 경기가 끝나게 되었다.

삐이익!

―경기가 끝납니다!

―스코어는 2 : 2, 동점이군요! 발렌시아의 놀라웠던 후반전이었어요!

"한 방 먹었군요."

"한 방 더 먹일 수 있었는데, 아쉽네요."

악수를 나누던 오르텐시오가 웃음을 터뜨렸다.

항상 미소를 잃지 않던 그였지만, 오늘은 특히 즐거워 보이는 모습이었다.

그럴 만도 했다.

오늘 오르텐시오는, 라이프치히와 맞붙었을 때와는 다른 전율을 느꼈으니까.

"리그 후반기가 기대되네요."

주머니에 동전을 넣은 그가 원지석을 보며 피식 웃은 뒤, 먼저 라커 룸으로 떠났다.

"변태 같은 새끼."

그 뒷모습에 케빈이 얼굴을 구기는 사이.

원지석은 그라운드에 들어가 선수들을 한 번씩 안아주었다.

사람들의 예상을 깬 놀라운 결과였다. 그들은 칭찬을 받을 자격이 있었다.

「[마르카] '배은망덕'한 세바요스!」
「[스포르트] 세바요스의 통쾌한 동점골!」

레알 마드리드와 바르셀로나, 그중 어떤 팀에 더 우호적이냐에 따라 세바요스에 대한 언론들의 온도가 달랐다.
대표적인 친레알 언론인 마르카는 세바요스를 배은망덕하다고 표현했다.
그 반대인 스포르트는 그런 셀레브레이션을 통쾌하다 말했고. 누군가는 탄산음료처럼 속이 뻥 뚫린다는 말을 지면에 실었다.

「[수페르 데포르테] 팬들의 지지를 얻는 데 성공한 원지석!」

원지석에게 있어 가장 큰 수확이라면 바로 서포터들의 마음을 얻었다는 거였다.
흔들 다리 효과라는 걸까.
앙숙에 가까운 레알 마드리드를 상대로, 다 졌다고 생각한 경기에서 무승부를 거두었다.
거기서 보여준 감독과 선수들의 투지는 분명 팬들에게 많은 것을 남겼다.
시즌 초반에 있었던 극심한 부진에 불신이 가득했던 서포터들도, 거기에 선수들까지도 이제는 그들의 감독인 원지석에게 강한 믿음을 보일 것이다.

"우리는 남은 일정에 대해 준비해야 합니다. 위를 올려다보기엔 그리 여유로운 상황이 아니니까요."

당장 내일 있을 경기에서 세비야가 승리를 거둔다면 4위 자리를 빼앗기게 될지도 몰랐다.

그들은 눈앞의 현실을 냉정하게 봐야만 했다.

「[마르카] 데포르티보를 꺾은 발렌시아!」

「[스포르트] 발렌시아, 논란의 판정 끝에 에스파뇰에게 패배!」

「[수페르 데포르테] 레알 베티스를 대파하다!」

발렌시아는 얼마 남지 않은 전반기에서 승리를 거두거나, 때로는 패하면서도 4위 자리를 놓지 않았다.

「[ABC] 라리가의 전반기가 끝나다!」

「[엘 파이스] 전반기를 4위로 마감한 발렌시아」

후반기에 더욱 힘든 상황이 나올지도 모르지만, 우선은 만족스러운 전반기였다. 그동안 열심히 달렸던 선수들은 숨을 돌리게 되었으며.

원지석은 캐리어를 끌고 대문 앞에 섰다.

헛기침을 한 그가 초인종을 눌렀다.

얼마 지나지 않아 도도도 하는 소리와 함께 벌컥 문이 열렸
는데, 문을 연 작은 꼬마 아가씨가 소리를 지르며 안겼다.

"아빠아아!"

"엘리!"

달려온 딸아이를 안아 올린 원지석이 함박웃음을 지었다.

겨울 휴식기를 맞아.

아버지는 가정에 돌아오게 되었다.

47 ROUND
빅 사이닝?

「[더 선] 겨울 휴가를 맞아 런던을 찾은 원지석」

잉글랜드는 잉글랜드만의 매력이 있지만.

원지석이 EPL을 떠나며 가장 만족스러웠던 것 중 하나가 겨울 휴식기였다.

리그 후반기를 준비하는 데 있어 잠깐의 휴식은, 매우 좋은 충전이 되어줄 테니까.

"맛있어!"

"맛있니? 더 줄까?"

"응!"

"너무 많이 먹으면 살쪄요."

입에 소스를 가득 묻힌 엘리를 보며 원지석이 흐뭇해할 때, 곁에서 지켜보던 캐서린이 조용히 중얼거렸다.

런던으로 돌아가면 맛있는 것을 잔뜩 해준다는 약속을 하긴 했지만.

매일매일 힘이 들어간 음식은 너무 과하지 않은가.

'맛은 있는데.'

문제는 그렇게 말하는 캐서린도 포크를 멈추지 못하고 있다는 거지만.

최근 식단 조절을 하고 있는 그녀에겐 금지된 음식을 먹는 기분이었다. 맛이야 좋지만 그만큼 칼로리를 신경 쓰지 않을 수 없기 때문이다.

"그래도 여름휴가가 아니면 이럴 기회가 없으니까요."

손수건으로 딸아이의 입가를 닦아주던 원지석이 쓴웃음을 지었다.

런던에 돌아온 그는 어디론가 여행을 떠나는 대신 가족들과 함께 집에 머물렀다.

여행이야 시즌이 끝난 뒤인 여름에 가도 충분했고, 지금으로선 연말을 가족과 함께 보내는 게 가장 좋은 휴식이었으니까.

다만 오늘은 마냥 집에 있을 생각은 아니었다.

"어때요?"

"멋지네요. 이참에 모델을 해보는 건?"

"농담도."

식사를 끝낸 원지석은 깔끔하게 씻은 뒤 캐서린이 꺼내준 옷을 입었다. 뿐만 아니라 그녀 역시 나갈 준비를 완벽하게 끝낸 상황.

타이트한 청바지에 부츠, 그리고 긴 코트와 머플러까지 꺼낸 캐서린을 보며 원지석은 여전히 설레는 걸 느꼈다.

"갈까요?"

"부디."

장난스럽게 손을 내민 원지석을 보며 그녀가 웃음을 터뜨렸다.

오랜만의 데이트라면 데이트일까.

멋진 레스토랑이나, 캐서린이 좋아하는 뮤지컬의 티켓은 아닐지라도.

"예쁘다……!"

차 뒷좌석에 탄 엘리는 창문 밖으로 보이는 거대한 크리스마스트리를 보며 눈을 빛냈다.

내일이 크리스마스여서 그런지, 거리 곳곳엔 산타나 반짝이는 장식물로 꾸며져 있었다.

"엄마! 오늘 산타 할아버지가 오는 거야?"

"음, 아마도?"

눈을 빛내는 딸의 물음에 캐서린이 곤혹스러운 얼굴로 답했다. 사실 그녀도 부모님에게 했던 질문이었고, 언젠가는 들을 거라 생각했던 질문이었지만.

"어떻게 생각해요, 산타 아빠?"

"하하."

도움을 요청하는 말에 원지석이 볼을 긁적였다.

"사실 산타는……."

"거기까지."

그런 이야기 끝에 치가 멈췄다.

차에서 내린 엘리는 혹여 감기에 걸릴까 따뜻한 옷을 껴입은지라, 답답하다는 듯 얼굴을 구겼지만 캐서린이 허락해 주지 않았다.

마찬가지로 차에서 내린 원지석이 선글라스를 꼈다.

맨얼굴로 다니기엔 너무 유명인이 되었으니까.

"원 감독 아니야?"

"가족이랑 함께 있군."

물론 그것만으로 가리기엔 부족했을지도 모르지만.

그렇게까지 해서 도착한 곳은 원지석으로선 그립기도 하고, 혹은 낯선 느낌이 드는 곳이었다.

뉴 스탬포드 브릿지.

원지석이 떠난 뒤로 새롭게 증축한 첼시의 홈구장.

"오랜만입니다, 원!"

"오랜만이네요. 건강해 보이셔서 다행입니다."

초로의 노인이자, 구장 관리인이 악수를 나누며 미소를 지우지 못했다.

그는 원지석이 코치였던 시절부터 구장을 관리하던 사람이었다. 그랬기에 더욱 반가운 거였고.

"이곳도 많이 바뀌었네요."

"안내해 드릴까요?"

"아뇨. 천천히 구경하면서 돌아다닐게요."

경기까지는 아직 시간이 남았다.

그때까지는 새롭게 증축한 스탬포드 브릿지를 알아볼 생각이었다.

"아빠가 있어! 앤디 삼촌도!"

구단의 역사를 박물관처럼 꾸민 곳에 들어가자 엘리가 눈을 크게 떴다.

비교적 최근 시간대이자.

구단에서 빼놓을 수 없는 역사인 트레블 부분에선, 당시 원지석과 함께 있었던 선수들의 모습이 있었으니까.

"수염 아조씨도, 다른 사람들도 잔뜩!"

아는 얼굴들이 화면 속에 나오자 신기한 모양이었다.

그렇게 자신을 알아본 팬들과 사진을 찍고, 사인을 해준 뒤에야 원지석은 구단에서 준비한 VIP룸에 들어갔다.

─프리미어리그의 최대 고비, 박싱 데이를 알릴 경기가 곧 시작됩니다!

─첼시는 이 경기를 뒤로 27일, 30일에도 경기가 있거든요? 우승을 위해서라도 좋은 결과를 거둬야만 합니다.

EPL은 현재 박싱 데이를 준비하고 있었다.

첼시 역시 치열한 우승 경쟁을 하는 중이었고, 이번에 있을 일정이 고비였다.

그때 중계 카메라가 VIP룸에 있는 원지석을 잡았다.

—이! 반가운 손님이 왔군요! 원지석 감독입니다!
—현재는 발렌시아를 이끌고 있죠?

장내아나운서가 그 사실을 언급하자 첼시 관중들이 일어나 박수를 쳤다.

원지석은 머쓱한 얼굴로 일어나 그런 관중들에게 손을 흔들었다.

로만 집권 이후 첼시에서 좋게 떠난 감독은 손에 꼽을 정도였고, 원지석은 그 얼마 되지 않는 케이스였다.

잉글랜드를 떠나고 5년이 지났지만 아직 그에 대한 팬들의 애정은 식지 않은 모양이었다. 아니, 어쩌면 그리움과 추억에 의해 더욱 커졌을지도 몰랐다.

—경기가 시작됩니다.
—천천히 공을 몰고 달리는 앤디.

오늘 첼시의 선발 명단은 그가 감독으로 부임했을 때와 차이점이 있지만, 그래도 핵심적인 코어 선수는 그대로였다.

킴이 태클을 한 공을 앤디가 패스로 연결하고, 아자르가 측면을 휘저으며, 제임스가 슈팅을 한다.

"우워어어어!"

자기를 빼놓지 말라는 듯 몸싸움에서 승리한 라이언이 빠르게 뛰었다.

쾅!

페널티에어리어 외곽에서 쏘아진 대포알 슈팅이 골 망을 찢어발기듯 흔들었다.

—고오오올! 스탬포드 브릿지의 골리앗이 선제골을 뽑아내는 데 성공합니다!

—호베르투 카를루스가 생각나는 강력한 슈팅!

와아아아!

첼시의 관중들이 라이언의 골에 열렬한 환호를 보냈다.

그런 라이언이 두 손을 들며 뛰다가, 이윽고 원지석이 있을 VIP룸을 가리켰다. 마치 잘 보라는 듯이.

—아! 자신만만한 라이언의 셀레브레이션!

—원지석 감독이 쓴웃음을 짓는군요!

거기서 끝이 아니었다.

제임스와 킴이 추가골을 넣었고, 이를 모두 앤디가 어시스트하며, 이른바 원지석의 아이들이라 불렸던 선수들은 오늘 경기에서 큰 활약을 보였다.

"대단해!"

"그래?"

엘리가 그런 선수들의 활약을 멍하니 볼 때, 원지석은 입가를 만지며 중얼거렸다.

"무섭군."

개인적으로는 얼마 전에 상대했던 레알 마드리드보다 무서운 녀석들이었다.

저 녀석들을 잘 알았기에 더욱 그랬을지도 몰랐다.

삐이익!

―경기가 끝났습니다! 박싱 데이의 첫 경기를 잘 마무리한 첼시!

―과연 이 기세를 이어갈 수 있을까요?

경기가 끝나며 원지석도 자리를 떠났다. 집에 돌아가며 바로 저녁 준비를 했는데, 오래 기다리지 않아 초인종이 눌리는 소리가 울렸다.

"저희 왔어요!"

제임스 부부부터.

앤디, 킴, 라이언까지.

오늘 경기에서 활약한 원지석의 아이들이, 간만에 한자리에 모인 것이다.

특히 제임스의 딸인 엠마는 몰라보게 커서 예전과는 달리

데면데면한 눈치였다.

"초등학교에 들어갔다고 했나?"

영국은 입학 나이가 빠른 편이지만, 초등학교도 두 개로 나뉘어 만 7세까지는 유아 학교에 다닌다.

엠마는 곧 상급 학년이라 주니어 학교로 진학할 예정이었다.

"저 아이가 벌써 학교에 다닌다니, 시간 참 빠르군."

"그러게요."

"엠마, 옛날이야기 해줄까? 네가 태어났을 때……."

"그만! 거기서 더 말하면 가만 안 둬!"

장난스럽게 입을 여는 킴을 보며 서둘러 다가간 제임스가 입을 막았다.

그러는 사이 음식이 나오고.

서로 못다 한 이야기를 하고 있을 때, 엠마와 엘리가 어색한 첫 만남과는 달리 어느새 웃으며 노는 모습이 보였다.

"오늘 제 활약 봤죠? 네?"

"그래. 봤으니까 이제 그만하자."

"얘 술 누가 준 거야?"

술이 약한 앤디는 얼마 지나지 않아 풀어진 모습으로 했던 말을 반복하는 중이었다.

유소년일 때와는 달라진 점이 이거였다.

그때는 기껏해야 우유나 주스를 마셨으니까.

"라이언은! 두렵지 않다!"

"미치겠네."

뭐, 지금도 술을 마시면 안 될 사람이 있었지만.

시간이 지나며 잠에 빠진 엠마를 품에 안은 제임스가 입을 열었다.

"자서전을 쓸 거예요."

"네가?"

잘못 들었나 싶은 원지석이 눈을 껌뻑였다. 술을 마셨나 싶었지만, 그건 아니었고.

"아니, 진심으로. 분명 깜짝 놀랄 겁니다."

"이상한 소리 적기만 해봐. 네 부끄러운 일들을 다 폭로할 거니까."

"아, 제발."

울상을 짓는 녀석을 보며 원지석이 피식 웃음을 터뜨렸다. 그러면서 구석에 숨겨둔 무언가를 꺼냈다.

알록달록한 포장지로 감싸인 박스였는데, 바로 엘리에게 줄 선물이었다.

"오늘이 생일이거든."

크리스마스이브가 생일인 엘리는 산타 대신 아버지가 큰 양말에 선물을 넣어주었다.

*   *   *

그렇게 시간이 지난 뒤.

런던에서 충전을 끝마친 원지석은 다시 발렌시아로 돌아왔다.

「[ABC] 겨울 이적 시장 동안 팀을 옮길 선수는?」
「[엘 파이스] 벌써부터 시작된 눈치 싸움!」

1월이 되며 겨울 이적 시장이 시작되었다.

그동안 팀에 적응을 하지 못한 선수들, 불화를 겪은 선수들은 이번에 팀을 떠나길 원했고, 조건이 맞는다면 벌써부터 오피셜이 뜨기도 했다.

「[수페르 데포르테] 원지석이 영입할 선수는?」

한편 발렌시아가 이번 겨울을 통해 어떤 선수를 영입할지에 대해 이야기가 나왔다.

지금까지 원지석은 1월에 선수를 영입하는 걸 좋아하지 않았다.

문제는 그건 여름에 충분한 보강을 했을 때의 이야기였고, 사정이 좋지 않은 발렌시아로서는 또 달랐다.

더군다나 앞서 있던 여름에선 저렴한 가격으로 꽤나 쏠쏠한 재미를 보았기에 더욱 기대가 되기도 했고.

「[수페르 데포르테] 빅 사이닝을 노리는 발렌시아?」

빅 사이닝.

거물급 선수와의 계약을 뜻하는 말.

요 몇 시즌 동안은 조심스러운 이적 시장을 펼치던 발렌시아가, 갑작스럽게 빅 사이닝의 가능성이 나오는 건 다른 게 아니다.

바로 챔피언스리그 때문이었지.

버는 만큼만 쓰라는 FFP 룰은, 즉 더 많은 돈을 벌면 되는 이야기였다.

원지석이 부임할 때만 하더라도 구단은 많은 돈을 쓰는 데 조심스러워하는 편이었다. 지금까지 많은 기대를 걸었던 감독들이 실패했기 때문이다.

"지금은 다르지요."

"구단주도 흡족해하시는군요."

회의를 하던 보드진이 그렇게 입을 열었다.

예상 밖의 선전에 구단도 조금은 마음이 동한 듯했다.

현재 발렌시아의 순위는 4위.

바닥을 한 번 찍은 뒤로 다시 올라오는 퍼포먼스가 범상치 않았으며, 이대로라면 챔피언스리그는 무리가 없을 것으로 보였다.

"만약 챔피언스리그에 진출하겠다는 확답만 준다면, 예상 이적 자금을 늘리겠습니다."

보드진의 의견에 원지석은 잠시간 입을 다물었다.

과연 여기서 빅 사이닝이 필요한지에 대해선 확신이 없었기 때문이다.

"차라리 겨울에선 급한 불을 끄고, 다음 여름에 돈을 쓰는 건 어떨까요?"

"저희로선 상관없지만, 괜찮습니까? 아무 영입이 없다면 팬들이 불안해할 텐데요."

"급한 불을 끄는 방법은 다양하니까요."

"생각해 두신 게 있습니까?"

그 말에 원지석이 묘한 미소를 지었다.

보드진과의 회의 끝에.

며칠 뒤 발렌시아는 하나의 오피셜을 발표했다.

「[오피셜] 레반도프스키, 발렌시아로 이적」

계약기간은 6개월.

2024년을 기준으로 만 35세에 달하는 공격수를 말이다.

＊　　　　＊　　　　＊

「[마르카] '철 지난' 레반도프스키를 영입한 발렌시아!」

「[스포르트] 원지석의 자만일까? 혹은 자신감?」

철 지난 공격수.

한때 분데스리가를 호령했던 레반도프스키가 현재 받는 취급이었다.

무리도 아니다.

현재 그의 나이는 약 만 35세.

지금쯤이면 은퇴를 해도 이상하지 않을 나이였으니까.

자유계약으로 바이에른을 떠났던 그는 EPL에 도전했고, 부진한 활약 끝에 몇 개월을 벤치에서 나오질 못했다.

결국 팀과 계약을 해지하며 프리로 풀리게 된 레반도프스키는 이후 미국이나 중국으로 갈 거란 예측이 지배적이었지만, 다시 한번 빅리그에 자신을 시험해 보기로 한 모양이었다.

「[수페르 데포르테] 6개월 동안 자신을 증명해야 하는 레반도프스키」

6개월.

길지 않은 시간이었다.

동시에 레반도프스키가 발렌시아와 맺은 계약기간이기도 했다.

"6개월은 저와 그의 약속이죠."

원지석으로서도 노장의 공격수를 영입하는 건 조심스러울 수밖에 없었다.

우선 레반도프스키는 슈퍼스타다.

기량이야 떨어졌지만 그 명성은 여전한 법.

그런 선수를 영입하는 데 이적료는 발생하지 않더라도 고액의 주급은 또 다른 문제였다.

그랬기에 그를 설득할 때에도 원지석은 사실상 불가능한 영입이라 생각했지만, 결과는 달랐다.

오히려 급료를 삭감하며 발렌시아행을 택한 것이다.

「[ABC] 중국의 엄청난 거액을 뿌리친 레반도프스키!」

레반도프스키에게 구애를 하는 구단은 많았다.

미국, 중국, 중동.

그들은 엄청난 거액을 제의하며 유혹했지만 그로서는 아직 빅리그에서 자신을 시험하고 싶었다.

6개월이란 시간은 그래서 나온 거였다.

만약 이번에도 실패를 겪는다면, 그때는 깔끔하게 미련을 접고 노후를 위해 중국이나 미국으로 떠날 계획이었다.

"주급까지 삭감하며 발렌시아에 온 이유가 있나요?"

한 기자가 원지석의 옆에 앉은 레반도프스키에게 물었다.

어깨를 으쓱인 그가 입을 열었다.

"이쪽에 있는 원 감독님은 바이에른 시절부터 어떤 사람인지, 그리고 얼마나 뛰어난 감독인지 잘 알고 있었습니다. 그런 사람의 밑에서 뛰는 건 특권이죠."

립 서비스가 다분한 말이지만.

그만큼 분데스리가 시절의 일은 적잖이 영향을 끼친 모양이었다.

당시 바이에른 킬러라 불렸던 원지석의 존재감은, 직접 당해

본 레반도프스키가 가장 크게 느꼈을 테니까.

"물론 매 선발 라인업에 이름을 올리지 못할 걸 알지만, 계속 도전할 생각입니다."

수전이 아닌 로테이션으로서 영입된 건 계약을 할 때 합의한 사항이었다.

다만 이전에 있었던 클럽에서 투명 인간 취급을 받았던 만큼 최소한의 경기를 보장받았고, 추후 활약에 따라 계약 연장의 가능성을 뒀다.

"이번 영입으로 발렌시아의 공격진에 새로운 옵션이 생겼습니다. 그의 활약이 기대되네요."

그 말을 끝으로.

원지석은 기자회견을 마쳤다.

「[수페르 데포르테] 레반도프스키의 합류로 유추할 발렌시아의 변화는?」

레반도프스키는 다양한 방면에서 능력을 뽐내는 공격수다. 연계, 헤딩, 슈팅과 프리킥까지.

특히 제공권에서 약한 모습을 보이던 공격진에 새로운 옵션이 되어줄 터였다.

―고오올! 멀티골을 터뜨리는 호드리구!
―크게 기뻐하는군요!

골을 넣은 호드리구가 동료들과 셀레브레이션을 즐기는 모습이 찍혔다.

코파 델 레이.

따로는 국왕 컵이라 불리는, 스페인의 FA컵이라 할 수 있는 대회.

이번 16강 1차전에서 발렌시아는 컨디션을 점검할 겸, 전술을 실험하기 위해 433 포메이션을 꺼냈고 결과는 성공적이었다.

최전방공격수로서 골을 넣은 호드리구의 활약이 눈에 띄었지만, 무엇보다 솔레르의 변신이 대표적이었다.

—오늘 중앙미드필더로 선발 출전한 솔레르는 하프 윙으로서 꽤나 좋은 모습을 보여주었습니다.

—네. 레반도프스키의 영입도 그렇고, 앞으로 433 포메이션에 대해 염두에 둔 거 같네요.

보통 442의 중앙미드필더나, 오른쪽 측면미드필더로서 뛰던 솔레르는 오늘 세 명의 미드필더와 합을 맞추며 하프 윙으로서 뛰었다.

넓은 활동량을 바탕으로 공격과 수비에 큰 영향을 끼친 그는 오늘 경기의 최우수선수에 가까웠다.

―아, 발렌시아에서 선수교체를 알립니다.

―레반도프스키가 교체로 들어가며 데뷔전을 치르는군요.

어느 정도 차이가 벌어졌다 판단한 원지석은 선수들의 체력을 관리해 주었다.

겨울 휴식기가 주어진 만큼 1월의 일정은 꽤 빡빡한 편이었기 때문이다.

몇 개월을 뛰지 못했던 레반도프스키는 둔한 모습을 보였지만, 그래도 베테랑다운 순간적인 센스를 뽐냈다.

삐이익!

주심의 휘슬과 함께 코파 델 레이의 1차전이 끝났다.

「[마르카] 발렌시아, 엘체를 대파」

「[스포르트] 코파 델 레이 16강전 1차전, 이길 팀들이 이겼다」

2차전은 일주일 뒤에 있었지만.

발렌시아는 그사이에 있는 라리가 경기를 준비하는 중이었다.

아틀레틱 빌바오.

바스크 지방의 자존심이자.

현대 축구에선 굉장히 보기 드문 특성을 지닌 클럽.

「[ABC] 박쥐 사냥을 나설 바스크인들」

바스크 출신이 아니거나, 혹은 바스크 혈통이 아닌 선수는 클럽에 입단하지 못한다.

그 특유의 폐쇄적인 정책은 바스크 지방의 역사에 뿌리를 두었으며, 팬들은 그러한 순혈주의에 자부심을 느꼈다.

그럼에도 그들은 라리가의 전통적인 강호로 군림했으며, 아직까지 한 번도 강등을 당한 적이 없는 팀이었다.

물론 원지석에게 그런 점은 그다지 중요한 게 아니었다.

그들의 감독이 아닌 이상 어떤 선수가 바스크 혈통인지 신경 쓸 필요가 있겠는가.

문제는.

「[수페르 데포르테] 원지석의 복수는 성공할까?」

이번 시즌 초반에 있었던 극심한 부진 속에서, 발렌시아는 빌바오에게 세 골을 먹히며 무너졌다.

복수.

그 달콤한 울림.

발렌시아는 이번 경기에서 그 패배를 만회할 생각이었다.

"내리자."

원지석의 말에 발렌시아 선수들이 몸을 일으켰다.

현재 그들이 있는 곳은 아틀레틱 빌바오의 홈인 산 마메스. 누군가에게는 성당이라고 불리는 경기장이었다.

―발렌시아 선수들이 버스에서 내리는군요.

―두 팀의 경기가 잠시 후 시작됩니다.

라커 룸에 도착한 선수들은 입고 있던 정장을 벗으며 유니폼으로 갈아입었다.

이윽고 모든 선수들이 준비를 끝내고.

조용히 자신을 보는 그들을 보며 원지석이 고개를 끄덕였다.

"복수하고 싶어서 몸이 근질근질한 게 나뿐만은 아닐 거라 생각한다."

뭐 나뿐이라면 어쩔 수 없고.

어깨를 으쓱이는 그를 보며 선수들이 웃었다.

"복수하러 가자."

그렇게 선언한 원지석이 라커 룸을 나섰다.

―과연 전반기와는 무엇이 달라졌을지! 유럽 대항전을 위해서라도 힘을 내야 하는 빌바오입니다!

―먼저 홈팀의 라인업부터 소개해 드리도록 하죠!

전체적으로 노쇠화한 느낌이 드는 빌바오의 선발 명단이었다.

만약 제때에 세대 교체를 하지 못한다면 큰 부진을 겪을 거라는 지적이 나왔지만, 바스크 순혈주의를 고집하는 팀으로서는 그것도 쉬운 일이 아니다.

―이에 맞서는 원정팀 발렌시아의 라인업입니다.
―이번에도 433의 포메이션을 꺼냈군요?

골키퍼 장갑은 하우메 도메네크가 꼈으며.
포백에는 알바, 토비, 데 리흐트, 오드리오솔라가 서며 수비
라인을 구성했고.
중원에는 세바요스, 콘도그비아, 솔레르가.
최전방에는 산티 미나, 호드리구, 바르보사가 자리를 잡으며
433 포메이션을 완성했다.

―이 중 네 명의 선수는 지난 코파 델 레이에서 선발로 뛰었었
죠?
―그러네요. 호드리구를 제외하면 모두 교체로 체력 관리를 해
주었지만요.

중계진이 그런 말을 나누는 사이.
삐이익!
경기가 시작되었다.

―조심스레 간을 보는 두 팀입니다.
―빌바오의 스트라이커인 이냐키 윌리엄스가 계속해서 발렌시

아의 수비진을 서성이고 있군요.

홈팀인 빌바오의 전술은 간단했다.
바로 핵심 공격수인 이냐키 윌리엄스에게 공을 몰아주는 것.
구단 역사상 최초의 흑인 득점자이기도 한 그는 이제 빌바오의 공격을 이끄는 선수가 되었다.

ㅡ공을 몰고 달리는 오스카르 데마르코스.

오스카르 데마르코스는 다양한 포지션에서 뛸 수 있는 멀티 플레이어다.
이번 경기에서는 우측 윙어로 나왔으며, 이냐키에게 공을 연결하는 역할을 맡았다.

ㅡ데마르코스의 크로스!
ㅡ토비가 먼저 걷어냅니다!

페널티박스로 휘어진 공을 토비가 헤딩으로 걷어냈다. 다만 그 공을 향해 뛰어오는 선수가 있었는데, 바로 안데르 에레라였다.

ㅡ에레라의 슛!

쾅!

강하게 찬 슈팅을 콘도그비아가 등을 내밀며 막았다.

"아오, 시발!"

고통에 욕지거릴 내뱉은 콘도그비아가 욱신거리는 부위를 만지며 얼굴을 구겼다. 그러는 사이 공은 라인아웃 되며 빌바오의 스로인이 선언되었다.

─안데르 에레라의 날카로웠던 슈팅!

─빌바오에 복귀한 이후로는 그 시절의 모습이 간혹 나오고 있지요?

잉글랜드에서 다시 빌바오로 돌아온 안데르 에레라는 중원의 살림꾼 같은 미드필더였다.

때로는 날카로운 패스나 슈팅도 터지며 승점을 벌어주었고, 빌바오 중원의 핵심이라 할 수 있었다.

─베냐트 에체바리아에게 공을 던지는 데마르코스.

─다시 에레라에게, 아! 읽혔어요! 공을 끊어내는 콘도그비아!

콘도그비아가 측면으로 공을 찔러주는 순간 발렌시아의 역습이 시작되었다.

공을 받은 가야는 고속도로를 질주하는 스포츠카처럼 빠르게 터치라인을 따라 달렸고, 다른 선수들이 그에 맞춰 움직였다.

　—세바요스에게 스루패스를 찌르는 가야!
　—압박을 벗어나며 돌파하네요!

　세바요스 역시 드리블에 일가견이 있는 미드필더다. 공을 받자마자 상체 페인팅으로 압박을 벗어난 그가 드리블을 시작했다.
　'나만 죽이려고 하는 건가.'
　자리를 잡은 빌바오 선수들을 보며 세바요스가 혀를 찼다. 더군다나 공간 압박을 하고 있기에 솔레르에게 패스를 하기에도 나쁜 상황.
　'백패스를, 아니.'
　콘도그비아에게 백패스를 생각하던 그가 눈을 빛냈다.
　멀리서 바르보사와 위치를 스위칭하는 호드리구의 모습이 보였기 때문이다.
　"호드리구!"
　소리치며 전방으로 강하게 올린 패스가 호드리구를 향했다.
　수비수들에게서 등을 지던 호드리구는 가슴으로 트래핑을 하며 공을 잡았고, 그대로 발등을 이용해 패스를 톡 올렸다.
　빌바오의 수비수들 위로 넘어간 공은.
　수비 뒤 공간을 파고들던 바르보사에게 닿았다.

─바르보사의 슈우우웃!
─골! 골입니다 골! 경기 시작 27분 만에 터진 골!

선제골을 넣은 바르보사가 환상적인 패스를 보낸 호드리구를 껴안았다. 그러면서도 믿기지 않는다는 듯 물었다.
"와, 노린 패스예요?"
"당연하지. 나 못 믿어?"
호드리구가 웃음을 터뜨리며 바르보사와 어깨동무를 했다. 곧 다른 동료들이 그런 둘에게 달려갔다.
"뽀록이지, 뽀록."
"뭐, 인마?"
선수들의 웃음처럼 발렌시아의 분위기는 꽤나 좋았다.
하지만 빌바오 역시 이를 악물고 뛰었기에 추가 득점은 생각보다 쉽게 터지지 않았고, 오히려 역습으로 동점골을 내줄 위기마저 생겼다.

─이냐키의 슈팅을 막아내는 도메네크!
─슈팅을 잡아내고선 안도의 한숨을 쉬네요!

문제는 빌바오의 최전방인 이냐키 윌리엄스였다. 빠른 발로 라인을 깨는 움직임은 훌륭했지만, 오늘따라 좋지 못한 슈팅을 보여주며 아직까지 득점을 하지 못한 것이다.

그렇게 시간이 지나고.

이제 후반 63분이 되었을 쯤.

원지석은 선수교체를 알렸다.

"몸 상태는?"

"완벽해."

목을 풀며 그라운드에 들어갈 준비를 하는 선수는, 바로 레반도프스키였다.

*   *   *

―레반도프스키가 교체로 들어오네요.

―코파 델 레이에 이어 라리가에서도 데뷔전을 치르는군요.

교체 대상은 오늘 최전방공격수로 선발 출전하고, 멋진 어시스트를 기록한 호드리구였다.

코파 델 레이 1차전에서 풀타임을 뛰었기 때문인지 지친 모습이 역력했기 때문이다.

벤치로 향하던 호드리구가 원지석과 하이 파이브를 하는 사이, 그라운드에 들어간 레반도프스키는 선수들에게 간단한 변경점을 설명했다.

"내가 수비수들을 끌어올 테니까, 너희들은 적극적으로 파고 들어."

"할 수 있겠어요?"

산티 미나의 장난스러운 말에 레반도프스키가 피식 웃음을 터뜨렸다.

역할 자체는 새롭지 않았다. 오히려 뮌헨 시절 지겹도록 했었기에 익숙하기까지 했다.

어깨를 으쓱인 그가 짓궂게 맞받아쳤다.

"물론이지. 오히려 비교당하기 싫으면 너희들이 분발해야 할 거야."

뮌헨 시절 월드 클래스 윙어들이었던 리베리와 로벤을 파트너로 둔 그였으니까.

그 말에 산티 미나와 바르보사는 얼굴을 구기며 자리로 돌아갔다.

경기가 다시 시작되었다.

레반도프스키는 수비 앞을 서성이면서도 순간적인 침투로 수비 라인을 흔들었고.

그 순간 양 윙어들이 드리블을 하며 틈을 놓치지 않았다.

─아, 동선이 겹친 레반도프스키와 바르보사!

─이제 겨우 두 번째 교체 경기인 만큼, 아직 호흡이 엇갈리는 모습을 보이는군요.

물론 모든 게 완벽하진 않았다.

침투를 하려던 레반도프스키가 측면에서 들어오는 바르보사를 보며 멈칫했다.

아직까지 동료들과의 호흡이 매끄럽지 않은 걸 인정한 그는 스스로의 역할을 바꾸었다.

좀 더 아래로.

마치 가짜 공격수처럼 말이다.

―레반도프스키의 스루패스!

―좋은 패스입니다!

투우사처럼 수비수들을 몰던 레반도프스키가 순간적인 패스로 수비 라인을 허물었다.

이를 받은 선수는 산티 미나.

측면에서 쉬지 않고 달려온 그가 그대로 슈팅을 때렸다.

쾅!

―고오오올! 산티 미나의 강렬한 골!

―골도 골이지만 레반도프스키의 클래스가 돋보였던 패스였습니다!

이걸로 스코어는 2 : 0.

빌바오의 사기를 꺾는 데 좋을 타이밍이었다.

"이쯤에서 잠그는 게 좋겠네."

선수들의 셀레브레이션을 보면서도 원지석은 냉정한 눈으로 그라운드를 훑었다.

체력도 체력이지만, 빌바오가 흐름을 타지 못하도록 이쯤에서 끊어내는 게 중요했다.

―발렌시아에서 또 한 명의 선수교체를 하는군요.

원지석은 수비적인 변화를 주며 빌바오의 추격을 허용하지 않았다. 이냐키 윌리엄스가 교체로 들어온 코클랭에게 막히며 짜증을 내는 장면은 그런 변화를 대표하는 장면이었다.

삐이익!

그렇게 경기가 끝났다.

전반기에 당했던 패배를 훌륭히 되갚은 발렌시아였다.

「[마르카] 바스크를 침략한 박쥐 군단!」

「[스포르트] 발렌시아, 빌바오 원정에서 승리를 거두다」

한편 이 경기에선 레반도프스키의 리그 데뷔전이 주목을 받았다.

이번에도 교체로 짧은 시간을 뛰었지만, 그 잠깐 동안 생각보다 좋은 움직임을 보여주며 어시스트를 기록한 것이다.

"몸 상태는 나쁘지 않네요."

"그러게. 몇 개월간 놀고만 있지는 않았나 봐."

훈련장에서 뛰는 레반도프스키를 보며 원지석과 케빈이 중얼거렸다. 경기감각은 차치하더라도, 몸 관리를 게을리하지는 않았는지 강도 높은 훈련도 무리 없이 소화하고 있었다.

"이 정도라면 선발로 뽑아도 괜찮겠어. 이미 점수 차이도 꽤 벌렸으니까."

케빈의 말에 원지석이 고개를 끄덕였다.

「[수페르 데포르테] 발렌시아, 코파 델 레이 16강 2차전의 소집 명단 발표」

원지석은 엘체와의 2차전을 앞두고 대거의 로테이션을 실행했다.

주목할 점으로는 드디어 레반도프스키가 선발 명단에 이름을 올렸다는 거였다.

누군가는 너무 빠른 게 아니냐고 물었지만, 겨울 이적 시장의 주요 목적은 경기에 바로 뛸 수 있는 즉시전력감이다.

이미 1차전에서 적잖은 차이를 벌린 만큼 지금보다 더 좋을 때는 없어 보였다.

─레반도프스키의 슈팅! 골키퍼에게 막힙니다!
─뭔가 느낌은 있지만 뜻대로 되지 않네요!

첫 선발에 레반도프스키 역시 각오를 다졌지만, 머리와는 달리 몸이 생각대로 움직이질 않았다.

'늙긴 늙었군.'

쓴웃음을 지은 그가 머리를 긁적였다.

동료들과의 팀워크는 차차 나아지겠지만 현재로서는 아쉽다는 생각이 들었다.

그리고 오늘 경기로서 느낀 건, 지난 경기에서 함께했던 산티 미나와 바르보사의 호흡이 더 낫다는 것.

─경기가 종료됩니다.
─1차전에서 스코어를 벌린 발렌시아의 승리로 끝났군요.

경기는 무승부로 끝났지만.

여러모로 생각할 점을 남긴 경기였다.

「[수페르 데포르테] 또 하나의 오피셜을 준비하는 발렌시아?」

한편 겨울 이적 시장이 끝나기 전에 발렌시아에서 또 하나의 영입을 계획하고 있다는 소식이 들렸다.

"놀랄 계약일 겁니다."

감독인 원지석은 묘한 미소를 지으며 대답을 얼버무릴 뿐, 정확한 답변을 회피하자 팬들의 SNS는 기대감으로 폭발할 지경이었다.

─뭐야? 뭔데?
─얼마 전에 런던 갔다더니 제임스나 앤디 데려오는 거 아니야?

―진짜 그러면 런던으로 세 번 절한다.

―런던이 아니라 한국에다 해야지.

히필이면 원지석이 겨울 휴가 때 뉴 스탬포드 브릿지를 찾았기에 그에 관련된 루머가 떠돌았다.

물론 첼시가 미쳤다고 그들을 팔지는 않겠지만.

그렇게 작은 루머에 들뜨는 게 축구 팬의 기쁨 아니겠는가.

그러는 사이 발렌시아는, 아니, 라리가 대부분의 팀들은 바쁜 1월을 보내고 있었다.

"2월까지는 바쁠 거야. 모두 각오해 둬."

원지석의 경고는 괜한 게 아니었다.

겨울 휴식기 이후부터 스페인 리그의 1월은 매우 빡빡해지니까. 가장 큰 문제는 코파 델 레이였다.

만약 32강에서 떨어졌다면 몰라도.

16강부터 4강까지는 일주일 간격의 일정이 2월 초반까지 이어지는 강행군이다. 그사이에 리그 경기나 챔피언스리그가 낀다면 말할 것도 없었고.

「[마르카] 헤타페를 꺾은 발렌시아」

「[스포르트] 발렌시아, 셀타를 꺾고 코파 델 레이 4강 진출!」

후반기가 진행되면서도 발렌시아는 큰 부진 없이 무난하게 시즌을 이어갔다.

점점 눈에 띄는 변화가 있다면.

시간이 지날수록 맞아가는 레반도프스키와 동료들 간의 호흡이라 할 수 있었다.

―멋진 드리블로 수비진을 휘젓는 바르보사!

―비야레알의 수비진이 크게 흔들립니다!

오늘 경기는 지역 라이벌인 비야레알과의 경기였다. 지역 라이벌이라고 해서 더비라 불릴 정도의 경쟁의식은 없지만, 그래도 묘한 자존심이 있지 않은가.

"저쪽 늙은이 막아! 빨리!"

비야레알의 골키퍼가 빈자리를 파고드는 레반도프스키를 발견하곤 소리를 질렀다.

'막으라곤 해도.'

'분명 슈팅을 때릴걸.'

수비수들 역시 눈알을 굴리며 고민에 빠졌다. 바르보사는 이런 상황에서 왼발 슈팅으로 많은 득점을 만들어냈다. 그게 하나의 득점 루트가 되었을 정도로.

여기서 다른 선수를 막겠다고 빠졌다간, 도리어 실점의 빌미를 내어주는 게 아닐까.

'타이밍. 타이밍이 중요하다.'

비야레알의 수비수들이 서로의 눈을 보더니 이윽고 고개를 끄덕였다.

─수비수 한 명이 바르보사를 끈질기게 따라붙습니다!

한 명이 드리블을 하는 바르보사를 막는다면, 다른 수비수들은 패스를 커버하기 위해 움직였다.

그런 움직임을 눈치챈 레반도프스키가 발걸음을 멈칫하곤 뒤로 물러섰다.

막 이적했을 때라면 그 행동을 눈치채지 못했겠지만, 어느 정도 발을 맞춘 지금은 달랐다.

─한 번 더 치고 들어가는 바르보사!
─반대쪽에 있는 산티 미나에게!

레반도프스키가 수비수들을 잠시 끌고 나온 사이, 골라인 쪽으로 치고 들어간 바르보사가 그대로 패스를 찔렀다.

골라인 근처에서 찌른 패스이기에 오프사이드는 의미가 없는 상황.

산티 미나가 슈팅 자세를 취하자 그를 마크하던 비야레알의 오른쪽 풀백이 몸을 던졌다.

슬라이딩태클이 닿기 전.

이미 그의 슈팅은 발끝을 떠난 뒤였다.

─슈우우웃!

—고오올! 기회를 놓치지 않는 산티 미나! 역시 골 냄새를 맡을 줄 아는 공격수입니다!

발끝으로 툭 밀어 넣으며 방점을 찍은 산티 미나가 환하게 웃으며 바르보사와 레반도프스키에게 손짓했다.

순간적인 움직임에서 이어진 연계가 결국 골을 만든 것이다.

세 명의 공격수가 서로 포옹을 하거나 하이 파이브를 하며 기쁨을 나누었다.

"생각보다 빠르게 적응하네요."

"그러게. 비슷한 롤을 맡아서 그런가."

서른 중반의 노장들에게 새로운 역할은 오히려 독이 되는 경우가 있었다.

모든 선수가 그런 건 아니지만.

그쯤 되면 지금까지 선수 생활을 하며 익혀왔던 습관, 경험에 의존하는 경우가 있기 때문이다.

레반도프스키는 바이에른 시절부터 지금과 비슷한 역할을 맡은 적이 많았다. 그때의 경험은 지금의 적응을 도왔고.

물론 모든 선수가 그런 건 아니다.

말년에는 공격수에서 미드필더로, 수비수로 포지션을 변경한 사례도 적지 않았으니까.

"특히 움직임이 죽여주네요."

원지석이 공격진의 움직임을 보며 무심코 감탄을 터뜨렸다. 레반도프스키의 가장 큰 장점은 바로 공이 없을 때의 움직임이었다.

투톱일 때나 호드리구가 최전방에 섰을 때와의 차이점이 이거였다.

지금처럼 최전방에서 연계, 슈팅, 수비 분산, 제공권까지 챙길 공격수는 현재 발렌시아에선 레반도프스키가 유일하기 때문이다.

"거기다 굉장히 똑똑해. 자기가 어디로 가야 할지 모두 계산하고 있어."

전성기 시절에도 축구 지능이 매우 높다고 평가받던 그는, 베테랑이 되어선 그 점을 더욱 갈고닦았다.

비야레알의 수비진은 그런 공격진을 막기 위해 진땀을 흘리는 중이었다.

—시간도 꽤 흘렀군요.
—어느덧 추가시간입니다.

그렇게 경기가 끝나기 전.
발렌시아의 코너킥이 선언되었다.
사실상 경기 종료 직전에 주어진 세트피스이기도 했다.

—코너킥을 준비하는 파레호.

손을 든 파레호가 도움닫기 끝에 강한 크로스를 올렸다.

페널티박스로 향하는 공을 보며 선수들이 분주하게 움직였다.

여기서 레반도프스키의 그 위치 선정이 빛을 발했다.

딱히 코너킥 연습을 하진 않았지만, 베테랑 공격수의 좋은 점은 냄새를 맡을 줄 안다는 거다.

바로 골 냄새를.

―레반도프스키이이!

옆에 있던 코클랭의 어깨를 잡고 점프를 한 레반도프스키가 그대로 크로스를 잘라먹었다.

방향이 꺾인 공은 역방향이 걸린 골키퍼를 지나치며 골라인을 넘어섰다.

―고오오올! 마침내 라리가 데뷔골을 터뜨리는 레반도프스키!

―매우 높은 곳에서 때린 헤딩!

그동안 몇 개의 어시스트를 쌓았지만 리그에서의 골은 처음인 그가 포효했다.

삐이익!

얼마 지나지 않아 경기가 종료되었고, 레반도프스키는 자신에게 환호를 보내는 관중들에게 손을 흔들었다.

「[마르카] 투톱도, 쓰리톱도 무섭다!」

「[스포르트] 라리가 데뷔골을 터뜨린 레반도프스키!」

팬들은 드디어 골을 신고한 노장을 축하하면서도 시선은 다른 데 쏠려 있었다.

이제 곧 1월이 끝나기 때문이다.

소문으로만 무성하던 계약이 성사되려면 데드라인을 지켜야 했기 때문에 곧 결과가 나올 터.

그러던 중.

마침내 오피셜이 뜨긴 했지만.

사람들이 기대하던 것과는 조금 다른 계약이었다.

「[오피셜] 다비드 실바, 발렌시아의 코치진으로 합류」

뉴욕 시티에서 은퇴한 다비드 실바가 발렌시아에 돌아온 것이다. 다만 선수가 아닌 코치로.

이러한 오피셜 소식에 팬들은 기뻐하면서도 머리를 긁적이며 말했다.

―5년만 빨리 오지 그랬어.

*   *   *

다비드 실바.

한때 EPL을 호령했던 플레이메이커.

세월이 흐르며 그 역시 언제까지나 최고의 레벨에서 머무를 수는 없었다.

잉글랜드를 떠난 실바는 노후를 위해 미국 리그인 MLS로 향했으며, 맨 시티와 연관이 깊은 뉴욕 시티에서 선수 생활을 마무리했다.

시대를 풍미했던 미드필더가 마침내 축구화를 벗은 것이다.

다만 문제라고 할지.

동시에 실바는 고민에 빠졌다.

바로 은퇴 이후의 삶에 대해서였다.

'뭘 하지?'

생각해 둔 것은 많았다. 우선 가족끼리 여행을 가고, 몸 관리를 위해 먹지 못했던 것들도 마음껏 즐기며 은퇴를 만끽하겠지.

그리고 그다음은.

뭘 하는 게 좋을까.

그런 실바에게 원지석이 접촉한 건 타이밍이 좋다고 할 수 있었다.

"코치 할 생각 있어요?"

고민은 길지 않았다.

마찬가지로 맨 시티나 뉴욕 시티에서 코치 자리를 제안하긴 했지만, 당장은 고향인 스페인으로 돌아가고 싶은 마음이 컸다.

「[수페르 데포르테] 발렌시아로 돌아온 다비드 실바!」

기사에는 미소를 짓고 있는 실바의 모습이 찍혔다. 뉴욕 시티에 있을 때부터 미래에 어떤 일을 할지 몰라 코치 자격증을 따둔 게 다행이었다.

「[마르카] 실바, 돌아와서 기쁘다」
「[스포르트] 새로운 코치를 환영하는 팬들!」

이번 계약은 팬들에게서도 호의적인 반응이 나왔다.
발렌시아의 유스이며.
팀의 핵심 선수로서 오랫동안 활약한 실바는 팬들의 사랑을 받던 선수였다.
결국 구단의 재정 악화로 팀을 떠나게 되었지만 이후에도 좋은 관계를 유지했고, 이렇게 다시 돌아온 실바를 환영했다.

—다 좋은데 5년만 빨리 오지 그랬어.
—레반도프스키도 그렇고, 그러면 진짜 빅 사이닝인데.
—비야는 안 오나?

실바는 바로 코치진에 합류할 예정이었고, 그의 경험은 발렌시아에 많은 도움이 될 거라 기대를 모았다.

「[수페르 데포르테] 발락에 이어 실바, 비슷하지만 다른 이유」

한편 이러한 영입을 분석하는 기사가 나오기도 했다.

요약을 하자면.

원지석은 구단을 잘 아는 사람을 곁에 두길 원했고, 그 대상이 실바라는 것.

첼시 시절에는 본인이 오랫동안 코치로 일하며 구단을 잘 알았기에 굳이 필요하진 않았고.

라이프치히 시절에는 구단의 정책과 맞물려 발락을.

그리고 이번에는 다비드 비야를 함께 노렸지만, 거절 끝에 실바만 영입된 경우였다.

"잘해봐요."

"네. 이런 말을 내가 하긴 좀 그렇지만, 발렌시아에 온 걸 환영합니다."

오랫동안 발렌시아에서 뛴 선수에게, 아직 한 시즌도 지나지 않은 감독이 그런 말을 하려니 어색한 모양이었다.

쓴웃음을 짓는 원지석을 보며 실바가 웃음을 터뜨렸다.

'다른 사람 같네.'

실바의 기억 속의 남자와, 눈앞의 남자는 그 이미지가 많이 달랐다.

맨 시티 선수로서 마주했던 첼시 감독 원지석은 항상 날이 서 있었으니까. 그때의 모습을 기억하는 실바에게 지금의 모습은 전혀 다른 사람이라 봐도 좋았다.

"뭐 이상한 게 있습니까?"

"아뇨. 그냥, 지금이 보기 좋네요."

물론 훈련장에서 화를 내는 모습에, 자기도 모르게 어깨를 떨었지만 말이다.

*　　　　*　　　　*

그렇게 1월이 지나고.

빡빡하던 코파 델 레이도 어느덧 4강을 남겨둔 상황.

이후부터는 챔피언스리그 본선이 시작되지만, 지난 시즌 10위에게 해당될 사항은 아니다.

리그에 전념하는 발렌시아로서는 한숨을 돌릴 수 있을 것이다.

그 4강 상대는 지로나.

비록 중위권의 팀이라지만 만만한 상대는 아니었다. 8강에서 바르셀로나를 꺾은 게 그들이었으니까.

「[마르카] 이변을 일으킨 지로나!」

「[스포르트] 유망주들의 활약!」

지로나는 맨 시티와 뉴욕 시티를 비롯한, 이른바 시티 풋볼 그룹이라는 곳에 속해 있었는데, 보통은 맨 시티의 유망주들이 임대를 오는 편이었다.

이번에 바르셀로나를 꺾은 데엔 그 유망주들의 활약이 컸다.

유망주에도 과감한 투자를 하는 맨 시티 덕분에 지로나 역시 나쁘지 않은 스쿼드를 꾸리게 되었다.

"1차전에서 확실히 차이를 벌린다."

원지석이 스카우트 팀에서 보낸 자료들을 보며 중얼거렸다.

4강까지는 1차전과 2차전으로 나뉘는데, 첫 경기는 홈인 누에보 메스타야에서 열린다.

"이번 시즌 지로나의 홈 성적은 꽤 좋은 편이야."

"그만큼 1차전에선 소극적으로 나오겠네요."

지로나는 원정경기에서 죽을 쑤는 것과는 별개로 홈에서는 강한 모습을 보여주었다.

안방 호랑이.

적어도 한 경기에선 호랑이가 된다는 소리니까.

'바르셀로나와의 8강이 그랬지.'

캄프 누에서 무승부를 거둔 지로나는 이어진 홈경기에서 두 골을 넣고 승리했다. 아마 이번 경기에서도 크게 다른 계획은 아닐 터.

"지공을 중심으로 전술을 짜죠."

두터운 수비를 뚫을 전술이 필요하다.

만약 이 점을 지로나가 역으로 노린다고 해도 상관은 없었다. 오히려 바라는 바였다.

─코파 델 레이 4강! 그 1차전입니다!

—지로나 선수들의 결의에 찬 모습이 보이네요.

발렌시아의 홈인 누에보 메스타야.
그 터널에서.
지로나 선수들은 굳은 얼굴로 그라운드에 들어갈 준비를 하고 있었다.

—상대적인 약팀으로 평가받는 지로나지만, 이미 바르셀로나라는 강적을 꺾고 올라온 그들에게 불가능할 건 없어요.

양 팀의 라인업이 발표되었다.
오늘 골키퍼 장갑은 네투가 꼈으며.
포백에는 토니 라토, 데 리흐트, 후벤 베주, 오드리오솔라가.
미드필더 부분에선 파레호와 솔레르가 호흡을 맞췄고, 그 뒤를 코클랭이 받쳤다.
마지막 최전방에는 산티 미나, 레반도프스키, 바르보사가 섰다.

—부분적인 로테이션을 실행한 433 포메이션입니다.
—그동안 코파 델 레이에선 거의 다른 스쿼드를 구상했는데, 체력적으로 지친 선수를 뺀 라인업 같군요.

이에 맞서는 지로나는 442 포메이션을 꺼내며 수비적인 선수들을 배치시켰다. 이번에도 원정에서 무승부를 거두고, 홈에서 승부를 내겠다는 전략으로 보였다.

누에보 메스타야를 가득 채운 관중들이 응원을 멈추지 않았다.

리그 우승이 사실상 불가능한 지금, 우승컵을 들 수 있는 대회는 코파 델 레이뿐이기 때문이다.

삐이익!

경기가 시작되었다.

"다들 움직여!"

오늘 주장 완장을 찬 파레호가 선수들에게 소리쳤다.

선축은 지로나의 몫이었는데, 그들은 측면에서 공 운반을 하며 높이로 승부를 보려 했다.

―멀리서 올려진 크로스!

페널티에어리어를 향해 휘는 공을 보며 지로나의 공격수가 움직였다. 오늘은 공중볼 싸움을 노리는 건지, 공격수 중 한 명의 키가 꽤나 컸다.

―무리요가 걷어내는 데 성공합니다!

다만 크로스가 정확하지 않았다.

멀찍이 벗어난 크로스를 먼저 뛰어간 무리요가 멀리 걷어냈다.

높이 떠오른 공을 소유하기 위해 양 팀의 선수들이 빠르게 움직였다.

─몸싸움에서 밀리지 않은 코클랭!
─오른쪽 측면으로 전달하는군요!

거친 몸싸움을 마다하지 않은 코클랭이 공의 소유권을 가져오며 패스를 찔렀다.

그 스루패스를 받은 사람은.

발렌시아의 오른쪽 풀백인 오드리오솔라였다.

─공을 길게 터치하는 오드리오솔라!
─안쪽으로 파고 들어가네요!

측면에서 중앙으로 드리블을 하는 순간 지로나의 강한 압박이 들어왔다.

그들은 활동량이 많은 선수들을 선발로 뽑으며 발렌시아를 짓누르길 원했고, 이는 원지석이 예상하던 바였다.

"빨리 움직여!"

터치라인에 있던 원지석은 선수들에게 손짓하며 더욱 빠르게 쇄도할 것을 주문했다.

그 말에 선수들이 이를 악물고 뛰었다.

―순간적으로 속도를 올리는 발렌시아! 간격을 벌립니다!

오드리오솔라의 시선이 향한 곳은 오른쪽 측면이었다. 그가 안쪽으로 들어갈수록, 오른쪽 측면공격수인 바르보사는 점점 측면으로 빠졌기 때문이다.

"가브리엘!"

자신을 에워싸는 압박 사이로 오드리오솔라가 날카로운 패스를 찔렀다.

고개를 슬쩍 돌리며 패스를 확인한 바르보사가 속력을 줄이지 않고 방향을 바꿨다.

'많아.'

페널티에어리어 안쪽에는 언뜻 봐도 두터운 수비벽이 형성되어 있었다. 그리고 그 주변을 서성거리는 레반도프스키의 모습역시 보였다.

그러는 사이 패스를 받아낸 바르보사가 바깥 발로 공을 밀어내며 수비의 태클을 피했다.

―바르보사의 빠른 드리블!
―지로나 선수들이 기다리고 있어요!

바르보사가 페널티박스로 들어가며 한 명의 수비수를 더 떼어냈지만, 슈팅을 때리기엔 각도가 좋지 못한 상황.

정면 돌파냐, 패스냐.

계산을 끝낸 그가 슬쩍 공을 흘렸다.

─레반도프스키이이!

언제 왔는지.
거기에는 수비수들 사이로 침투한 레반도프스키가 있었다.
강력한 슈팅은 필요하지 않다.
마치 패스를 하듯, 그는 굴러오는 공을 톡 건드리며 방향을
틀었다.

─고오올! 전반 33분 만에 골을 뽑아내는 레반도프스키!
─놀라운 위치 선정이었습니다!

와아아아!
마침내 터진 선제골에 관중들이 일제히 몸을 일으켰다.
특히 순간적인 움직임으로 자신을 마크하던 수비수들을 따
돌릴 때엔 감탄마저 나올 정도였다.
그렇게 격차가 벌어졌지만, 지로나는 딱히 공격적인 의지를
불태우지 않았다.
만약 이게 리그 경기였다면 그들도 반격에 나섰겠지만 이건
코파 델 레이다. 1차전의 목적은 최소한의 실점이고.

─다시 한번 부딪치는 오드리오솔라!

─그러고 보니, 지로나의 왼쪽 윙어 역시 맨 시티에서 임대를
온 선수죠?

─네. 맨 시티에서도 꽤나 기대를 거는 유망주입니다.

다만 계속해서 충돌하는 곳이 있었다.

지로나에겐 왼쪽, 발렌시아에겐 오른쪽인 라인.

그것도 맨 시티에서 임대를 온 유망주들의 대결이.

"시발, 별거 아닌 새끼한테."

"병신."

공을 뺏긴 지로나의 유망주가 자존심이 구겨진 얼굴로 욕지
거릴 내뱉었다. 오드리오솔라는 비웃음으로 응수했고.

임대에서 복귀하면 한솥밥을 먹을지도 모르는 둘이지만, 이
신경전에 훗날 팀 내에서의 입지가 바뀔지 모른다.

맨 시티의 스카우터들 역시 이 경기를 지켜보고 있을 테니
까. 여기서 자신이 저 녀석보다 더 뛰어난 녀석이란 걸 증명해
야 한다.

─아! 다시 한번 공 태클에 성공하는 오드리오솔라!

─오늘 우측면을 지배하는 중이군요!

그런 자존심 대결의 싸움은 승패가 가려진 모양이었다.

어느 정도였냐면 터치라인에 있던 원지석이 눈을 끔뻑이며
안경을 고쳐 썼을 정도로.

"오늘따라 더 열심이다?"

"아니, 그게 좀."

원지석의 말에 오드리오솔라가 머쓱한 얼굴로 머리를 긁적였다. 그러면서도 칭찬이 기분 나쁘지는 않은지 웃으며 자리로 돌아갔다.

경기는 어느덧 후반 막바지가 되었다.

바르보사가 파울을 얻어내며 페널티에어리어 근처에서 프리킥이 주어진 상황.

키커로는 레반도프스키가 섰다.

"후우."

숨을 길게 내쉰 그가 발걸음을 뗐다.

한 걸음.

그리고 빠른 도움닫기 끝에 강한 슈팅을 날렸다.

쾅!

골문 구석을 향해 휘어지는 슈팅을 보며 지로나의 골키퍼가 몸을 날렸지만, 끝내 손에 닿기 전에 골 망을 흔들었다. 군더더기 없는 완벽한 프리킥이었다.

─고, 골입니다 골!

─이로써 멀티골을 터뜨리는 레반도프스키!

골이 들어간 것과 동시에 레반도프스키가 양팔을 벌렸다. 마치 자신을 찬양하라는 듯이.

곧 동료들이 태클을 하듯 껴안았고, 끝내는 바닥을 뒹굴며 엉망진창인 셀레브레이션으로 이어지고 말았다.

"이 정도면 빅 사이닝이지."

벤치에서 그 모습을 지켜보던 원지석이 만족스러운 얼굴로 고개를 끄덕였다.

마음 같아선 이번 이적을 비판하던 사람들에게 말해주고 싶을 정도로.

응, 레반도프스키 빅 사이닝 맞아.

48 ROUND
재계약

「[마르카] 두 골을 넣은 레반도프스키!」

「[스포르트] 발렌시아, 1차전에서 승리를 거두다」

멀티골을 기록한 레반도프스키는 경기 최우수선수로 선정되며 그 활약을 인정받았다.

비록 리그가 아닌 코파 델 레이지만, 팬들은 이걸 계기로 앞으로도 불이 붙길 바라며 노장 공격수를 칭송했다.

감독인 원지석 역시 경기가 끝난 뒤 기자회견에서 이러한 점을 언급하며 선수를 치켜세웠다.

"좋은 퍼포먼스였습니다. 우리가 아는 레비의 모습이기도 했어요."

레비는 레반도프스키의 애칭이다. 평소 공적인 자리에서 그런 말을 쓰지 않는 원지석의 성향을 생각할 때, 선수를 독려하기 위한 칭찬에 가까웠다.

"레반도프스키와의 계약기간은 6개월뿐입니다. 연장 가능성이 있을까요?"

"글쎄요. 안 될 이유가 없지만, 벌써부터 그런 이야기를 하기에는 섣부른 시기인 거 같네요."

재계약은 시즌이 끝나갈 때쯤 논의해도 늦지 않았다. 더군다나 계약기간에 관한 옵션까지 있었으니까.

「[마르카] 발렌시아, 2차전에서의 패배에도 불구하고 결승에 오르다」

「[스포르트] 코파 델 레이 결승에 진출한 발렌시아!」

이후 발렌시아는 중간에 있던 리그 경기에서 승리를 거두고, 이어지는 2차전에서는 패배를 기록했다.

스코어는 1 : 0.

아슬아슬한 패배에 팬들은 안도의 한숨을 내쉬었다. 괜히 바르셀로나를 잡은 게 아니었다 싶었을 정도로, 홈에서의 지로나는 무서웠기 때문이다.

특히 이번 경기에서 로테이션을 돌린 것은 위기를 자초했다며 불만을 드러내는 사람도 있었다.

"결과적으로 좋게 끝났지만."

팀은 오랜만에 코파 델 레이 결승에 올랐고, 빡빡한 1월 일정도 효율적인 체력 관리를 통해 넘겼다.

그럼에도.

원지석은 입안이 쓴 걸 느끼며 머리를 긁적였다.

그걸 다 감수하며 짠 계획이지만 패배는 씁쓸한 법. 더욱이 원정을 함께한 팬들에게는 미안한 마음이 컸다.

"원정 팬들의 교통비는 제가 지불하도록 할게요."

그 말에 케빈이 마음대로 하라는 듯 어깨를 으쓱였다.

결국 원지석은 발렌시아 팬들이 기다리고 있을 버스에 가서 미안하다는 말과 함께 요금을 대신 계산했다.

"이렇게까지는 할 필요가 없는데."

사인을 받던 팬 하나가 머쓱한 얼굴로 중얼거렸다. 단순히 교통비에서 끝나는 게 아니라, 그는 지금 팬들 모두에게 사인을 해주며 확실한 서비스를 해주었기 때문이다.

원정 팬이라 해도 그 수가 적지 않았기에 굉장히 힘들 일이었다.

"뭘요. 티켓값은 아니더라도, 이 정도라면……"

말을 하던 원지석이 멈칫하고선 고개를 돌렸다.

샤워를 끝낸 선수들이 이쪽으로 오는 모습이 보였다.

"빨리 퇴근하자."

아무래도 선수들을 데려온 것은 케빈이었던 모양이다. 투덜거린 그가 선수들에게 손짓하자 곧 팬들이 줄을 나누며 분산되었다.

프로축구에서 팬이 없다면, 아무리 뛰어난 선수라도 그저 공 좀 차는 아저씨에 지나지 않는다.

그렇기에 원지석은 항상 팬들을 신경 쓰라 말했고, 이에 선수들 역시 영향을 받았다.

"돌아갑시다."

오늘 팬들은 형편없는 패배를 보았지만 만족스러운 얼굴로 지로나를 떠났다.

누군가에겐 귀찮았을지 몰라도, 함께한 어린 팬에겐 평생 잊지 못할 기억이 될 것이다.

「[수페르 데포르테] 16년 만에 코파 델 레이 결승에 오른 발렌시아!」

어찌 되었든 발렌시아는 코파 델 레이 결승에 올랐다.

그것도 무려 16년 만에.

07/08 시즌의 우승을 마지막으로, 그동안 이 대회와 인연이 없었던 그들은 오랜만에 우승 도전을 하게 되었다.

결승 장소는 AT 마드리드의 홈인 완다 메트로폴리스이며, 시간은 리그 일정이 끝난 뒤로 잡혔다.

그 상대는 레알 마드리드.

원지석에겐 참 질긴 인연이었다.

"우선 후반기 레알전부터 잘 마무리하죠."

아직 시즌은 많이 남았다.

지금으로선 시간적인 여유가 있었기에 급하게 신경 쓸 필요는 없었다.

「[마르카] 발렌시아, 알라베스를 격파!」
「[스포르트] 비야레알에게 일격을 맞은 세비야!」

한편 라리가의 4위권 싸움도 어느 정도 그 윤곽이 잡히는 모양새였다.

이번에 발렌시아가 승리를 거둔 반면, 세비야는 챔피언스리그 티켓을 놓고 다투던 비야레알에게 패배를 당했다.

이로써 세비야의 4위 경쟁은 사실상 힘들어졌고.

비야레알 역시 갈 길이 멀었다.

「[ABC] 스페인, A매치 소집 명단 발표」
「[엘 파이스] 가야와의 재계약을 추진하는 발렌시아!」

그사이 3월에 있을 A매치 명단이 발표되며 사람들의 주목을 받았다.

이번 시즌 발렌시아의 약진으로 새롭게 승선하거나 복귀한 사람들이 있었는데, 대표적으로는 바르보사가 있었다.

16골 11어시스트.

리그에서만 달성한 기록이다.

거기다 파트너로서 함께 호흡을 맞추던 산티 미나 역시 국가

대표팀에 이름을 올리며 상승세를 과시했다.

반면 그들과는 다르게 꾸준한 퍼포먼스로 국가대표에 이름을 올린 선수도 있었다.

그게 바로 가야였다.

발렌시아의 부주장이자, 라리가 최고의 왼쪽 풀백으로 꼽히는 선수.

「[수페르 데포르테] 로컬 보이를 잡고 싶어 하는 원지석!」

무엇보다 그는 발렌시아 팬들에게 의미가 큰 선수이자, 또한 가장 사랑하는 선수다.

로컬 보이.

그 지역에서 태어나.

그곳을 연고지를 둔 클럽에서 뛰는 선수.

가야는 발렌시아 지역인 페드레게르에서 태어나, 발렌시아 유스에서 성장하고, 지금은 팀의 주장인 파레호보다 주장 완장을 찬 날이 더 많을 정도로 실질적인 주장에 가까웠다.

"가야는 최고의 풀백입니다. 제가 지도한 선수들 중 가장 뛰어난 레프트백이에요."

원지석은 그런 가야를 추켜세웠다.

립 서비스가 들어가긴 했지만 사실 틀린 말은 아니다.

라이언이나 브레노는 그가 유망주에서 직접 성장시킨 선수들이고, 가야는 부임했을 때부터 최고의 풀백으로 꼽히던 선수였으니까.

더욱 성장한 지금은 말할 것도 없었다.

"괜찮겠어? 걔들이 본다면 실망할 텐데."

"뭐가요?"

"이번에 했던 인터뷰 말이야. 자존심이 구겨져서 삐칠 녀석도 나올걸."

장난스러운 케빈의 말에 원지석은 누군가를 쉽게 떠올렸다.

삐쳐서 입이 잔뜩 나온 라이언을.

피식 웃음을 터뜨린 그가 어깨를 으쓱이며 답했다.

"뭐, 감독으로 있었을 때만 따지면 맞는 말이니까요. 가야와는 좋은 관계를 유지해야 하고."

그 둘은 더욱 성장했고, 앞으로도 성장할 선수들이지만, 지도했던 때로 범위를 좁히자면 가야의 퍼포먼스가 나은 게 사실이었다.

거기다 이번 시즌 최고의 활약을 보여주는 가야에게 관심을 드러내는 클럽들은 점점 많아지는 상황.

재계약을 위해서라면 립 서비스 정도는 얼마든지 해줄 수 있었다.

"그러니 재계약을 해줬으면 좋겠는데."

"아주 그냥, 능구렁이가 됐어."

다만 그 심정이 이해되지 않는 건 아니었다. 바로 어제 레알 마드리드에게서 오퍼가 왔으니까.

물론 원지석은 볼 필요도 없다는 듯 종이를 찢어버렸다.

「[수페르 데포르테] 가야, 우선은 시즌이 끝날 때까지 지켜보겠다」

이러한 상황에 가야는 입장을 보류하겠다는 자세를 취했다. 선수로서는 아쉬울 게 없는 상황이었다.

결국 재계약에 있어 가장 중요한 건 챔피언스리그다.

발렌시아가 4위를 확정하는 순간엔, 두말없이 계약서에 사인을 할 것으로 보였다.

"확정해 드리지."

챔피언스리그가 중요한 건 선수만이 아니다.

그건 감독으로서도 빠르게 마무리 지어야 할 사항이었다.

「[마르카] 스페인, 브라질과 무승부를 거두다!」

「[스포르트] 사이좋게 한 골을 기록한 다이나믹 듀오!」

기사에는 경기가 끝난 뒤 대화를 나누는 산티 미나와 바르보사의 모습이 실렸다. 이제는 제법 친해진 둘이었다.

그렇게 A매치 기간이 끝나고.

국가대표로 차출되었던 발렌시아 선수들은 다행히 큰 부상 없이 구단에 복귀하는 데 성공했다.

「[마르카] 레알 마드리드의 걸림돌이 되려는 박쥐 군단!」

「[스포르트] 원지석, 흥미로운 경기가 될 거다」

현재 레알 마드리드는 2위인 바르셀로나에 비해 4점을 앞서고 있었다.

만약 다가올 경기에서 승리를 거둔다면 우승까지 한 걸음 더 앞서는 상황.

후반기 엘 클라시코에서 반전의 기회를 노리는 바르셀로나의 입장에선, 반드시 발렌시아가 승리를 거두어야만 했다.

"기묘한 상황이네."

바르셀로나의 응원을 확인한 원지석이 쓴웃음을 머금었다.

엘 클라시코가 끝나고 얼마 지나지 않아 발렌시아와의 경기가 있는데, 그때는 어마어마한 욕을 퍼부을 걸 알기 때문이다.

'그래서 재미있는 거겠지.'

곧 다가올 경기에서 변수가 하나 있다면 바로 챔피언스리그였다.

주중에 있던 챔피언스리그 8강전을 뛰고, 발렌시아 원정을 떠나는 레알 마드리드에게 이번 경기는 체력적으로 부담이 클 경기일 터.

원지석은 그 점을 노릴 생각이었다.

―여기는 누에보 메스타야입니다!

―이번 시즌의 중요한 분기점이 될 레알 마드리드와 발렌시아의 경기에서 어떤 팀이 승리를 거둘지, 기대가 되네요.

경기장에 모인 관중들의 분위기는 뜨거웠다. 그거야 지금까지의 홈경기들도 그랬지만, 오늘은 살짝 다른 분위기가 느껴졌다.

앙숙에 가까운 레알 마드리드와의 경기. 그런 요소는 오늘 팬들을 한층 더 날카롭고, 분위기에 홀리게 만들었다.

특히 양 팀의 선수들이 터널을 입장할 때.

이스코의 모습이 화면에 잡힐 땐 어마어마한 야유가 퍼부어질 정도였다.

우-우-우-우!!

좆같은 유다 새끼!

―아, 이스코 선수가 엄청난 환대를 받는군요.

―하하, 얼마 전에 있었던 인터뷰가 팬들의 심기를 건들기도 했죠?

한 달 전쯤에 있었던 인터뷰였다. 당시 이스코는 발렌시아를 떠난 건 탁월한 선택이었다고 말하며 발렌시아의 심기를 자극한 적이 있었다.

더욱 자세히 이야기를 하자면.

이스코는 본래 발렌시아의 유소년이었다.

유소년 팀에서 1군으로 승격하며 큰 기대를 모았던 그는 팀과의 재계약을 거절하고, 당시 말락티코라 불리던 말라가로 떠났다.

'문제는 그때부터였지.'

원지석도 익히 아는 이야기였다.

이미 말라가와 합의를 끝냈던 이스코는 발렌시아를 떠나기 위해 언론플레이를 하다가 들켜 버리고 만 것이다.

이에 격분한 발렌시아 팬들이 비판을 하자 SNS에서 싸우기까지 했으니, 당연히 배신자의 대명사 같은 유다란 말이 나왔다.

더군다나 그런 일은 시간이 지나도 쉽게 잊히지 않는다.

그랬던 상황에 발렌시아 팬들의 심기를 건드렸으니 저주에 가까운 반응이 나올 수밖에.

"이스코의 얼굴이 일그러질수록 팬들은 미소를 지을 거다. 너희 둘이 잘해줘야 돼."

원지석의 말에 솔레르와 콘도그비아가 고개를 끄덕였다. 두 선수는 오늘 경기에 있어 핵심적인 선수들이었다.

─양 팀의 라인업입니다.

─먼저 홈팀부터 살펴보도록 하죠.

발렌시아의 골문 앞에는 하우메 도메네크가 섰고.

가야, 토비, 데 리흐트, 오드리오솔라가 포백을 구성하며 그 앞을 막았다.

중원에는 세바요스와 솔레르가 호흡을 맞췄고, 그 뒤를 콘도그비아가 받쳤으며.

마지막 최전방에는 산티 미나, 레반도프스키, 바르보사가 레알 마드리드의 골문을 노렸다.

─이에 맞서는 레알 마드리드입니다.
─오늘은 이스코가 중앙으로 내려왔군요?

레알의 골문은 케파가 지켰으며.
포백에는 테오 에르난데스, 헤수스 바예호, 바란, 카르바할이.
중원에는 이스코와 크로스의 뒤를 카세미루가 받쳤다.
그리고 쓰리톱으로는 아센시오, 해리 케인, 살라가 서며 약간의 변화를 주었다.

─433 포메이션과 433 포메이션의 대결이네요.
─오늘 경기의 주요 포인트는, 아센시오와 이스코가 어떤 퍼포먼스를 보여주냐에 따라 달라지지 않을까 싶어요.

중계진이 그런 말을 나누는 사이.
삐이익!
경기가 시작되었다.

*   *   *

─공을 몰고 전진하는 이스코.

─압박에도 쉽게 공을 내주지 않는군요.

우우우우!

이스코가 공을 잡을 때마다 누에보 메스타야는 엄청난 야유로 휩싸였다.

아무리 많은 경험을 쌓은 선수라도.

경기장의 관중들이 한 선수를 집요할 정도로 물어뜯는 상황엔 멘탈을 잡기가 쉽지 않다.

"그러게 입조심 좀 하지."

레알 마드리드 벤치에 앉은 오르텐시오가 언짢은 얼굴로 중얼거렸다.

이스코가 했던 인터뷰는 그 역시 보았다. 레알 마드리드의 선수로서 자부심이 넘치는 건 좋지만, 솔직히 말해 타이밍이 좋지 못했다.

결과적으로 벌집을 쑤셔 독을 오르게 했으니까.

─솔레르의 거친 태클! 주심이 파울을 선언합니다!

─이스코로서는 아주 험난한 경기네요!

파울이 선언되었지만 카드가 꺼내지진 않았다.

그게 불만이라는 듯 잔디에 엉덩이를 붙인 이스코가 두 손을 높이 드는 제스처를 취했지만, 솔레르가 그 손을 마주 잡아

일으켰다.

"좆같네."

"정말?"

"시발, 대체 뭐 하는 짓거리야?"

고개를 갸웃거리며 자신을 물끄러미 바라보는 솔레르를 향해 이스코가 욕지거릴 내뱉었다.

격앙되려는 상황을 막은 건 크로스였다.

서둘러 이스코를 멀리 떨어뜨린 그는 발렌시아 선수들에겐 얼굴을 굳혔다.

"적당히 해."

"흠."

굳이 다른 선수와 싸우고 싶지는 않았던 솔레르가 얌전히 돌아갔다.

경기가 시작하기 전, 원지석이 솔레르와 콘도그비아에게 내린 명령은 간단하면서도 굉장히 까다로웠다.

바로 이스코를 자극하며 레알 마드리드의 중원을 흔드는 것.

최전방까지 공격 전개를 연결해야 하는 그가 심리적으로 몰아세워진다면, 발렌시아는 중원에서 큰 우위를 점할 수 있었다.

"카드 안 받게 조심해. 너무 심하게 하지도 말고."

"오케이."

콘도그비아의 충고에 솔레르가 고개를 끄덕였다. 중요한 건 파울은 받되 카드가 나오지 않도록, 상대 선수가 다치지 않도록 선을 지켜야 한다는 거다.

이러한 압박은 확실히 효과가 있었다.

우우우우!

그 야유 소리에.

이스코는 신경질적으로 머리를 긁적였다.

"말렸군."

벤치에서 지켜보던 오르텐시오가 혀를 찼다. 이제 속마음을 표정에 드러낼 정도이지 않은가.

"이런 방법을 꺼냈다 이거지."

뭔가 그동안 생각했던 원지석의 이미지와는 다른 모습이기도 했다.

벨미르에게 심판과의 눈치 싸움을 하지 말라고 지시한 일화는 나름 유명했으니까.

'아니, 그냥 상황에 맞게 변화한 건가.'

첼시 시절의 그는 사나운 투견이었고.

라이프치히 시절에는 거대한 집합체에 맞선 혁명가였다.

그리고 지금 발렌시아에서는.

땅바닥을 구르는 싸움꾼에 가까웠다.

'그것도 꽤나 냉정한.'

한 가지 신념이 아닌, 상황에 맞춰 자신을 변화시킬 줄 아는 감독.

그에게 있어 신념이란 승리에 대한 갈망이었다.

—측면을 질주하는 가야! 빨라요!

—카르바할이 힘겨워하는군요!

주중에 있었던 챔피언스리그의 여파가 서서히 드러나기 시작했다. 후반전에 들어가며 점점 체력적인 한계에 부딪쳤기 때문이다.

그럴수록 발렌시아는 기세를 잡아가며 레알 마드리드를 몰아붙였다.

—바르보사의 슈팅이 이번에도 골대를 맞춥니다!

—오늘따라 운이 없네요!

만약 운이 조금 따랐다면 스코어의 격차를 크게 벌렸을 정도로.

그만큼 좋은 경기력이었다.

이에 오르텐시오는 반전을 위해 교체 카드를 꺼냈지만, 그리 신통치 않았다.

—아! 너무 긴장을 했나요? 이스코가 헛발질을 합니다!

그러던 중 이스코가 자신에게 오는 패스를 받으려다 놓치는 장면이 나왔다.

순간적인 실수였지만.

와아아아!

그 헛발질에 누에보 메스타야는 환호로 가득 찼다.

결국 버티지 못하겠다는 듯 이스코는 두 손으로 얼굴을 감쌌다. 아슬아슬하게 유지되던 멘탈이 한계에 달하던 순간이었다.

"확실히 마무리해!"

원지석은 이 기회를 놓치고 싶지 않았다.

그는 선수들에게 더욱 공격적인 주문을 하며 레알 마드리드의 골문을 노리게 했다.

"이 경기는 승점 1점이라도 챙기죠."

만지작거리던 동전을 품속에 갈무리한 오르텐시오가 결단을 내렸다.

이후 남은 교체 카드로 수비적인 선수를 투입하며 현재의 스코어를 그대로 유지하겠다는 뜻을 밝혔다.

─오늘 부진했던 이스코가 빠지는군요.

─혹독한 환대였네요.

왜 홈경기가, 팬들의 응원이 또 하나의 선수라고 불리는지 알 수 있는 경기였다.

삐이익!

레반도프스키의 슈팅을 케파가 막는 것을 끝으로.

결국 경기는 골이 터지지 않은 채 그대로 마무리되었다.

원지석으로서는 아쉬울 수밖에 없는 끝맺음이었다. 이는 라커 룸에서도 여과 없이 드러났다.

"솔직히 말해 실망스러운 결과다. 우리는 좋은 위치에서 기회를 잡았고, 상대를 몰아세웠지만 확실히 죽이지 못했어."

그렇게 말을 하던 원지석이 이내 한숨을 쉬며 머리를 긁적였다. 만약 우승 경쟁을 하는 중이라면 라커 룸을 한바탕 뒤집었겠지만.

"뭐, 아무튼 잘했어."

지금으로선 채찍이 아닌 당근을 꺼낼 때였으니까.

"하지만 안도하지 마라. 코파 델 레이 결승에선 지금보다 더 나은 경기력을 보여줘야 할 거야."

그 격려 아닌 격려에.

선수들은 눈을 빛내며 고개를 끄덕였다.

「[마르카] 행운의 무승부를 기록한 레알 마드리드!」

「[스포르트] 원지석, 우리는 더욱 냉혹해질 필요가 있다」

「[수페르 데포르테] 우세 속에서 아쉽게 거둔 무승부!」

"어쩌면 오르텐시오 감독을 상대로 첫 승리가 될지도 모를 경기였는데, 아쉬움이 있진 않으신가요?"

한 기자의 질문에 원지석인 고개를 저었다.

"승리를 하지 못해 아쉬운 거지, 오르텐시오 감독이라 아쉬운 게 아닙니다."

"그래도 오늘 발렌시아의 경기력은 매우 좋았습니다. 혹여 공략법에 대한 실마리를 찾으신 건?"

실마리라. 원지석은 대답대신 어깨를 으쓱이며 묘한 미소를 머금었다.

그가 한 대답은.

놀랍게도 오르텐시오의 말과 비슷했다.

「[AS] 행운이 따랐다는 걸 인정한 레알 마드리드의 감독」

"뭐, 운이 따른 걸 부정할 수 없는 경기였어요."

오르텐시오는 담담히 그 사실을 인정했다.

문제를 파악했으니 이제 중요한 건 어떻게 개선하느냐다.

포마드로 번들거리는 자신의 머리를 정리한 그가 고개를 끄덕이며 입을 열었다.

"공략법이요? 글쎄요. 레알 마드리드에 그런 게 있었나요?"

자신감을 드러냄과 동시에.

오르텐시오는 만지작거리던 동전을 꽉 쥐었다.

"이 자리에서 확실히 말하죠. 코파 델 레이 결승전에선, 다를 겁니다."

양 팀 모두.

시즌 말미에 있는 코파 델 레이를 기약한 것이다.

　　　　　*　　　　　*　　　　　*

「[수페르 데포르테] 발렌시아, 챔피언스리그 확정을 눈앞에 두다」

발렌시아는 이후에도 5위와의 격차를 점점 벌려갔다.

오히려 3위인 AT 마드리드가 최근 몇 경기 동안 승리를 거두지 못하며 슬럼프에 빠진 상황.

잘하면 3위 자리까지 노려볼 만할지도 몰랐다.

―고오오올! 발렌시아의 호드리구가 특급 조커로서 활약합니다!

―이걸로 경기 막판에 앞서 나가는 발렌시아!

교체로 들어와 골을 기록한 호드리구가 카메라 앞까지 달려가 셀레브레이션을 펼쳤다.

견고한 수비 라인에 고전을 했기에 더욱 기쁜 골일지도 몰랐다.

그때 카메라가 벤치에 있던 레반도프스키의 모습을 잡아주었다. 교체 아웃 된 그는 골을 넣은 동료의 활약에 박수를 쳐주었다.

"하여간 어찌 되나 싶었는데."

드디어 터진 골에 원지석이 안도의 한숨을 내쉬었다.

오늘 경기의 문제점은 상대 팀이 아닌 심판이었다.

단순히 발렌시아에게만 해당되는 게 아니라, 양 팀 모두 오심의 피해를 입으며 수준 미달의 판정을 했으니까.

"EPL이나 분데스리가에서도 오심이 흔하긴 했지만, 스페인은 더한 느낌이군."

오죽했으면 옆에 앉은 케빈이 고개를 절레절레 젓겠는가.

더군다나 이런 경기가 처음이 아니었다.

분명 매 경기마다 주심이 바뀔 텐데 왜 그리 판정의 기복이 심한지.

"이번에는 안 쳐들어가도 되겠네요."

"……"

그 말에 케빈은 괜히 입가를 문질렀다.

헤타페와의 경기였다.

당시 민감한 오심이 연달아 나오자 불만이 극에 달한 케빈이, 전반전이 끝나는 대로 심판 대기실에 쳐들어간 사건이 있었다.

원지석이 뒤늦게 뛰어가서 망정이지, 하마터면 대형 사고가 터질 뻔했다.

"어째 스페인에선 사고를 적게 친다 싶었어요."

"시끄러."

입을 삐죽인 케빈이 그만하라는 듯 손을 내저었다.

그래도 하나 분명한 건, 심판의 권위만을 챙겨서는 아무런 개선이 이루어지지 않는다는 거였다.

권위는 정확한 판단에서 나오는 거지, 강압적인 징계로 나오는 게 아니다.

특히 요즘처럼 중계 기술이 발달하는 때에는 더더욱.

"끝났다."

케빈의 말과 동시에.

삐이익!

경기 종료를 알리는 휘슬이 울렸다.

호드리구의 골로 어렵게나마 승리를 거둔 발렌시아였다.

「[수페르 데포르테] 발렌시아, 챔피언스리그 복귀까지 단 한 경기!」

설마설마하던 챔피언스리그 복귀가 코앞에 다가왔다.

남은 경기에서 모두 패배할 가능성은 희박하기에 사실상 진출을 확정하는 것만 남겨둔 상황.

그럼에도 당장 기뻐하긴 일렀다.

「[마르카] 레알 마드리드의 충격 패!」

「[스포르트] 바르셀로나, 역전 우승의 가능성은?」

후반기 엘 클라시코에서 승리를 거두며 기세가 등등한 바르셀로나가 그다음 상대였기 때문이다.

아직 1위 자리는 레알 마드리드가 지키고 있지만, 2위와의 승점 차이는 2점일 뿐. 바르셀로나로서는 충분히 의지를 불태워 볼 만했다.

「[AS] 발렌시아를 응원하는 레알 마드리드!」
「[문도 데포르티보] 박쥐 사냥을 나설 바르셀로나!」

우습게도 그때와는 정반대의 분위기가 형성되었다.

당시 발렌시아를 응원했던 바르셀로나의 팬들은 이제 그들을 욕하고, 그들을 욕했던 레알 마드리드의 팬들은 열렬한 응원을 보내고 있었다.

"레알 마드리드의 우승을 저지하기 위해 져준다니, 그건 말도 안 되는 소리죠."

아무리 앙숙이라도 일부러 경기를 대충 준비하겠는가.

원지석은 그런 의견을 일축하며 최선을 다하겠다는 뜻을 밝혔다.

다행인 점이 있다면 이번 경기는 그들의 홈인 누에보 메스타야에서 열린다는 거였다.

—바르셀로나에겐 정말 절박할 경기일 겁니다!

—이곳 박쥐 군단의 둥지에서 그들이 어떤·퍼포먼스를 보여주냐에 따라 향후 우승 행방이 갈릴 텐데요!

"세상에 쉬운 일이 없군."

"그러게요. 그런데 설마 라커 룸에서 태운 건 아니죠?"

어디서 피운 건지, 악수를 나누는 사리에게서 특유의 담배 냄새가 났다.

"설마!"

격하게 고개를 저은 사리와 이런저런 대화를 나누는 사이, 중계진들은 오늘의 라인업을 설명하는 중이었다.

ㅡ먼저 홈팀인 발렌시아입니다.

골키퍼 장갑은 하우메 도메네크가.

포백에는 가야, 토비, 데 리흐트, 오드리오솔라가 서며 수비진을 구축했고.

중원에는 세바요스와 솔레르의 뒤를 콘도그비아가 받쳤다.

마지막 최전방에는 오늘을 위해 체력 관리를 해준 산티 미나, 레반도프스키, 바르보사가 자리를 잡으며 433 포메이션이 완성되었다.

ㅡ이에 맞서는 바르셀로나의 라인업입니다.

골문은 테어슈테겐이 지켰으며.

포백에는 호르디 알바, 움티티, 예리 미나, 세르지 로베르토가.

중원에는 쿠티뉴, 조르지뉴, 파비안 루이스가 섰다.

그리고 그 끝에는 뎀벨레, 그리즈만, 베르나르데스키가 서며 마찬가지로 433 포메이션을 짰다.

라리가 우승.

혹은 챔피언스리그를 위해서라도 질 수 없는 경기.

삐이익!

그 경기가 시작되었다.

*   *   *

―동료들과 공을 주고받는 쿠티뉴.

―오늘도 중앙미드필더로서 선발 출전했습니다.

전반기에 있었던 경기와 가장 다른 점을 꼽자면 쿠티뉴의 위치였다.

그동안 가짜 공격수로서 출전하던 쿠티뉴는 중앙미드필더로 내려갔으며, 그 자리를 그리즈만이 채웠다.

물론 그리즈만은 전형적인 원톱이 아니다.

측면이나 처진 공격수 자리에서 최고의 퍼포먼스를 발휘하는 만큼.

사실상 오늘 전술의 핵심은 끝없는 스위칭이었다.

"좀 더 내려와! 저 새끼들 다 들어오잖아!"

달려오는 바르셀로나 선수들을 보며 토비가 미드필더진을 향해 소리쳤다.

근처에 있던 콘도그비아는 빠르게 수비 라인에 합류했고, 솔레르는 측면으로 빠지며 뎀벨레를 마크했다.

―쿠티뉴가 높이 올라갑니다!

―세바요스의 압박을 벗어나는 쿠티뉴!

쿠티뉴는 드리블을 하며 중원과 최전방을 이어주는 연결 고리가 되었다.

단순히 공을 끌고 올라가는 게 아니라, 처진 공격수처럼 공격에 가담하며 424 같은 전형으로 변한 것이다.

―얼마 전에 있었던 엘 클라시코 때와 같군요.

바르셀로나가 승리를 거두었던 후반기 엘 클라시코.

사리는 난적인 레알 마드리드를 상대로 새로운 전술을 꺼냈고, 이는 승리로 이어졌다.

드리블을 하던 쿠티뉴가 천천히 속력을 줄이며 주변을 살폈다.

선발 라인업에선 정중앙에 위치했지만, 사실 그리즈만의 위치는 프리롤에 가까웠다.

지금만 해도 측면을 서성거리며 호시탐탐 기회를 엿보고 있지 않은가.

"우스만!"

쿠티뉴는 그쪽이 아닌 중앙을 파고들던 우스만 뎀벨레에게 스루패스를 찔렀다.

빠른 속도로 공을 받아낸 뎀벨레는 그대로 몸을 접으며 수비 라인을 파고들려 했다.

그 순간.

뎀벨레의 앞을 데 리흐트가 막아섰다.

"안녕, 마티아스. 오랜만이네?"

"꺼져."

데 리흐트가 불쾌하다는 듯 얼굴을 구겼다.

한때는 팀 동료였었지만.

아니, 한솥밥을 먹었을 때부터 그리 좋은 사이가 아니었기에 이런 반응이 나오는 걸지도 몰랐다.

훈련장에서 싸운 바르셀로나 선수들.

당시 스포르트를 장식한 문구였으니까.

데 리흐트와 뎀벨레는 그 상성이 최악이었다.

─공을 뺏는 데 성공한 데 리흐트!

태클에 성공한 데 리흐트가 측면으로 길게 공을 찔렀다. 패스를 받은 가야가 뛰는 모습을 지켜보던 그가 뎀벨레와 눈이 마주쳤다.

퉤.

침을 뱉은 데 리흐트가 몸을 돌렸다.

"아직도 화난 거야?"

"……."

데 리흐트는 그 말에 대답하지 않았다.

무시하는 게 편하다는 걸 알기 때문이다.

아직도 화났냐고? 그때를 절대 잊을 수 없을 거다. 훈련장에서 뎀벨레가 내뱉던 조롱을.

"왜 그래. 쟤들이랑 싸웠어?"

"그냥, 저 새끼랑은 좀 그래요."

분위기가 심상치 않은 걸 느낀 건지, 가까이 다가온 토비의 물음에 데 리흐트가 고개를 저었다.

사이가 나쁜 건 뎀벨레 정도였고.

다른 바르셀로나 선수들과는 딱히 나쁜 편이 아니었으니까.

"흔들리지 마. 저쪽에서도 그걸 이용할 거니까."

베테랑의 품격일지.

어깨를 잡고 형처럼 조언을 해주는 토비를 보며 데 리흐트가 고개를 끄덕였다.

왜 경험이 많은 선수와 함께 뛰면 성장한다는 이야기가 있는지, 토비는 그걸 알려주는 사람이었다.

"토비."

"응?"

"반드시 이겨요."

벤치만 달구던 난로가 어떻게 변했는지 알려줄 시간이다.

*　　　　*　　　　*

—다시 한번 데 리흐트와 부딪치는 뎀벨레!

—두 선수 모두 컨디션이 좋아 보이네요!

뎀벨레는 기민한 움직임으로 발렌시아의 골문을 노렸다.

거기다 한자리에서만 머무르지 않고, 끊임없는 스위칭으로 수비진을 혼란시켰다.

오늘 파트너로서 호흡을 맞춘 그리즈만과 베르나데스키, 심지어 쿠티뉴와도 자리를 바꾸며 하프 윙처럼 중원에 머무를 때도 있었다.

이는 결과적으로 굉장히 빠르고, 역동적인 공격을 가능하게 했다.

—한 번 접는 뎀벨레! 아, 한 번 더!

—슈우우웃!

페인팅을 하며 눈치 싸움을 하던 뎀벨레가 슈팅을 날렸지만, 골키퍼인 도메네크의 선방에 막히고 말았다.

"아오!"

회심의 슈팅이 빗나가자 뎀벨레가 아쉬움에 탄식을 내뱉었다.

동시에 발렌시아 팬들은 가슴을 쓸어내리며 안도의 한숨을 쉬었다. 그만큼 좋은 슈팅이었기 때문이다.

"뎀벨레를 좀 더 조여야겠네요."

벤치에 있던 원지석이 몸을 일으켰다.

그는 날카로운 눈으로 뎀벨레를 훑었다.

얼마 전에 있었던 엘 클라시코에선 최우수선수로 선정될 정도로, 사리의 새로운 전술은 철저히 뎀벨레에게 맞추어져 있었다.

'대응은.'

원지석의 시선이 옮겨졌다.

오늘따라 좋은 퍼포먼스를 보여주는 데 리흐트에게로.

"마티아스!"

계산을 끝낸 원지석이 데 리흐트를 불렀다.

중계 카메라는 그런 둘을 잡으며 귓속말로 새로운 지시를 하는 원지석을 주목시켰다.

"잘하고 있지만 조금만 바꿔보자. 우선은……."

이것저것 새로운 지시를 알려준 그는 이윽고 녀석의 등을 두드리며 그라운드로 돌려보냈다.

수비 라인에 복귀한 데 리흐트가 동료들에게 지시받은 사항을 전달하자, 발렌시아는 빠르게 변화를 주었다.

"감독님이 뭐래?"

"오른쪽 풀백은 저를 보조하라고 하네요."

좀 더 자세한 설명을 들은 오드리오솔라가 고개를 끄덕였다. 그렇게 재정비를 끝낸 발렌시아의 변화는 바로 알아볼 수 있을 정도였다.

―데 리흐트가 높이 올라갑니다!
―이제는 적극적으로 공격에 가담하는 데 리흐트!

데 리흐트는 최후방에서 플레이 메이킹을 하며 빌드 업을 책임졌고, 때로는 공격의 시발점이 되었다.

이번에도 하프라인을 넘어선 그가 전방을 향해 좋은 패스를 올리자, 이를 레반도프스키가 연결하며 무서운 장면이 만들어졌다.

―그대로 터닝슛을 때려보는 레반도프스키! 하지만 살짝 빗나갑니다!
―슛도 슛이지만 데 리흐트의 패스가 아주 좋았어요. 바르셀로나가 그를 영입하며 기대했던 모습이, 오늘 같은 모습은 아니었을까요?
―흡사 리베로 같은 모습이군요.

리베로.
자유롭다는 이탈리아의 말.
축구에서 리베로란 말은 최후방에서 수비부터 공격까지 모든 걸 책임지는 선수를 뜻한다.
이를 대표하는 선수로는 바이에른 뮌헨과 독일의 레전드인 프란츠 베켄바워가 있었다.

—데 리흐트 선수의 퍼포먼스도 퍼포먼스지만, 이런 전술도 처음이죠?

사리가 뎀벨레를 중심으로 전술을 개편했듯.

원지석 역시 오늘 가장 좋은 모습을 보여주는 데 리흐트를 중심으로 변화를 준 것이다.

그게 리베로였다.

—네. 오드리오솔라가 쓰리백처럼, 가야와 솔레르가 윙백처럼 움직이는군요.

그 판을 짜기 위해 오드리오솔라의 오버래핑을 최대한 자제 시켰으며, 솔레르를 측면에 배치시켰다.

양 윙백들은 수비적인 부담을 덜며 더욱 공격적으로 나설 터.

물론 이를 이끄는 것은 데 리흐트였다.

"빨리 와!"

"거기 가만있어요!"

그렇게 대담한 데 리흐트가 뒤늦게 뎀벨레를 따라붙는 데 성공했다.

공격도 공격이지만.

그러면서도 제일 중요한 수비를 빼먹지 않았다. 그야말로 발렌시아 이적 후 최고의 퍼포먼스라 할 수 있었다.

―공만 빼내는 데 성공한 데 리흐트!

―전반기 캄프 누에서 보여주던 모습과는 완전히 다르군요!

데 리흐트가 멍하니 있는 뎀벨레를 보며 어깨를 으쓱였다.

그 말처럼.

전반기에 있었던 바르셀로나전과는 달랐다.

그때는 얼어붙은 것처럼 긴장한 모습이 역력했지만, 오늘은 자신감이 넘쳤으니까.

"변했구나."

원지석은 그런 데 리흐트를 보며 미소를 지었다.

새로운 팀으로 이적을 한다고 해서 당장 충성심이나, 소속감 같은 게 만들어지진 않는다.

동료와, 감독과, 팬들과.

함께 승리하고 함께 패배하며 천천히 유대감을 쌓아가는 것이지.

그만큼 전반기 캄프 누에서의 모습과 달라졌다는 건, 이제는 완전한 발렌시아 선수가 되었다는 걸지도 몰랐다.

'저 녀석만이 아니라.'

토비, 세바요스, 바르보사 또한 마찬가지였다.

각각 받아들이는 차이가 있었겠지만, 그들은 하나의 팀이 되어 바르셀로나를 공격했다.

─플립 플랩으로 알바를 뚫어내는 바르보사!
─계속해서 드리블을 합니다!

공을 비깥쪽으로 빼는 척을 하다, 다시 안쪽으로 잡아낸 바르보사가 바르셀로나의 왼쪽 풀백인 알바를 따돌렸다.
곧이어 흘린 패스를 레반도프스키가 반대쪽으로 연결했고.
그 끝에는 가야가 있었다.

─고오오오올! 마침내 터진 선제골!
─가야의 총알 탄 같은 슈팅이 골문 구석으로 빨려 들어갔군요!

와아아아!
마침내 터진 선제골이지만.
무엇보다 그들이 사랑하는 가야가 터뜨린 골이기에 팬들은 엄청난 환호성을 질렀다.
가야는 그런 함성에 손을 흔들며 대답해 주었고, 곧 자신의 왼쪽 가슴에 있는 엠블럼에 입을 맞추었다.

─이대로 경기가 끝난다면! 바르셀로나의 우승이 멀어지는 동시에 발렌시아가 챔피언스리그를 확정하게 됩니다!

남은 시간이 많지 않았다.

바르셀로나가 우승의 희망을 놓지 않기 위해선 최소 두 골을 넣어야 하는 상황.

"아직 안 끝났어!"

터치라인에 선 두 감독이 같은 말을 했지만, 그 뜻이 달랐다.

사리는 남은 시간 동안 경기를 충분히 뒤집을 있으니 힘을 내라는 격려였고.

원지석은 반대로 방심하지 말라는 경고였다.

"마티아스! 이제는 너무 나서지 마!"

리베로라는 역할은 공격적으로 도움이 되지만, 동시에 수비적인 약점을 드러내기도 한다.

모험을 자제하라는 감독의 말에 데 리흐트가 고개를 끄덕였다.

─코클랭과 후벤 베주가 들어갈 준비를 합니다.

한편 교체 아웃 되는 선수들은 느릿느릿 걸으며 시간을 끌었고, 때로는 관중들이 보내는 박수에 호응을 했다.

그렇게 시간이 지나고.

베르나르데스키의 프리킥이 관중석을 때리는 것을 마지막으로.

삐이익!

마침내 경기가 끝났다.

「[마르카] 환상적인 승리를 거둔 발렌시아!」
「[스포르트] 바르셀로나, 충격적인 패배를 당하다」

분위기가 다시 한번 극명하게 바뀌었다.

초조와 불안으로 경기를 지켜보던 레알 마드리드 팬들은 이제 웃음이 떠나질 않았고.

다시 한번 우승에 대한 의지를 불태우던 바르셀로나는 기세가 확 꺾이게 되었다.

「[수페르 데포르테] 원지석의 극찬, 마티아스 데 리흐트를 춤추게 하다!」

이번 경기의 최우수선수로는 공격과 수비에서 환상적인 활약을 보여준 데 리흐트가 꼽혔다.

원지석 역시 이를 언급하며 엄지를 추켜세웠다.

"오늘 같은 모습을 꾸준히 보여준다면, 발렌시아는 향후 10년은 수비 걱정이 없을 겁니다."

최고의 극찬에 데 리흐트는 본인의 SNS로 반응을 남기며 기분 좋은 감정을 여과 없이 드러냈다.

「[수페르 데포르테] 발렌시아, 챔피언스리그를 확정 짓다!」

그리고 이 승리는 의미가 매우 컸다.

발렌시아는 오랜만에 별들의 무대에 복귀하게 되었으며.

「[수페르 데포르테] 발렌시아, 가야와 재계약 협상 돌입!」

팀 내 최고의 선수를 재계약 테이블에 앉힌 것이다.

팬들은 이번 계약으로 가야와 오랫동안 함께하길 바랐다.

만약 장기계약을 맺을 경우, 선수의 전성기 동안을 구단에서 보내게 되지만 단순히 그것만을 바라는 것은 아니다.

그 이상.

로컬 보이, 부주장을 넘어선 그 이상의 선수가 되어주길 말이다.

원 클럽 맨.

로컬 보이에서 원 클럽 맨이라는, 매우 낭만적인 미래를.

*   *   *

원 클럽 맨.

현대 축구에선 더욱 힘들어진 그 말.

더군다나 가야는 성골 중의 성골인 로컬 보이였다. 만약 발렌시아에서 은퇴를 하게 된다면, 팬들에겐 어떤 트로피보다 더욱 빛나는 선수가 되어줄 터.

「[ABC] 가야를 노리는 빅클럽들!」

「[엘 파이스] 이적에 긍정적으로 반응하는 가야의 에이전트」

아직 시즌이 끝나지도 않았건만.

상황을 주시하던 많은 클럽들은 마지막 기회라 판단하며 관심을 드러냈다.

특히 가야의 에이전트는 이적설에 불을 지피며 팬들의 화를 돋우었다.

「[마르카] 가야는 마드리드로 간다!」
「[스포르트] 재계약을 코앞에 둔 가야!」

시즌이 진행되면서도 재계약에 대한 이야기는 쉽게 끝나지 않았다.

친레알 언론들은 마드리드와의 염문설을 뿌렸으며, 그에 대응하듯 다른 언론들이 상반된 이야기를 꺼냈다.

"짜증 나네."

그러한 상황 속에서 원지석이 얼굴을 구겼다.

당사자들은 가만히 있음에도 불구하고, 오히려 엉뚱한 곳에서 뜨겁게 달아오른 것이다.

"다들 풀백이 급할 때니까."

옆에 있던 케빈이 턱을 괴며 중얼거렸다.

전체적으로 보자면 풀백은 다른 포지션보다 그 매물이 귀한 편이었다.

몇 년간 이어진 풀백 품귀 현상에, 수준 미달의 선수들마저 엄청난 몸값에 거래되는 상황이니까.

"이제 전성기를 맞이하는 풀백이, 거기다 계약기간까지 얼마 남지 않았다면 이만한 매물도 없지."

"그렇긴 한데."

쓰읍.

원지석은 입안이 쓴 걸 느꼈다.

풀백 품귀 현상에 맞물리며, 라리가 베스트급의 활약을 보인 가야는 자연스레 모든 클럽들이 군침을 흘리는 매물이 되었다.

발렌시아와 재계약 협상에 들어갔다는 소식이 나오자마자 이미 몇 차례의 오퍼가 왔을 정도였다.

"지금이야 간을 본다고 쳐도, 이적 시장이 시작되면 통 크게 바이아웃을 지를 팀이 나올지도 모르겠네요."

"선수가 없는 거지 돈이 없는 건 아니니까."

잉글랜드에선 맨체스터의 두 팀과.

프랑스에선 PSG가.

심지어 앙숙 관계인 레알 마드리드마저 오퍼를 했지만, 절대 같은 리그로 보내고 싶지는 않았다.

"이 기사는 봤어?"

"뭘요?"

"잠깐 기다려 봐."

뭘 하나 했더니 메신저로 링크를 보낸 모양이었다. 그걸 클릭하자 어마어마한 오퍼를 준비 중이라는 중국 구단들이라는 제목이 보였다.

"설마 중국에 갈까요?"

"모르지. 오스카도 그랬으니까."

젊고 유망한 선수가 축구 불모지로 떠난 사례가 아예 없진
않았다.

뭐, 그건 그들의 선택이었고.

재계약은 보드진에게 맡기기로 한 원지석은 감독으로서 해
야 할 일을 했다.

"챔피언스리그도 확정 지었겠다, 유망주들에게 기회를 주는
쪽으로 하죠."

"생각해 둔 애들은 있어? B팀 감독에게는 미리 말을 해야 할
텐데."

그 말에 원지석은 고개를 끄덕였다.

어차피 발렌시아에게 라리가 우승은 상관없는 이야기라, 남
은 시즌 동안은 유망주들을 발굴하거나 성장시키며 마무리할
생각이었다.

그러면서도 둘은 스카우트 팀에서 보낸 자료들을 검토했는
데, 임대를 떠난 유망주들에 대한 보고서였다.

그러던 중 누군가의 자료를 확인한 케빈이 눈을 끔뻑이며 물
었다.

"얘는 어때? 그러고 보니 너랑은 고향이 같다고 했나?"

"네, 뭐. 이야기를 한 적은 없지만요."

"싹수가 보이는 유망주야. 다음 시즌 스쿼드에 포함시켜도

괜찮을 정도로."

임대를 떠난 이들 중에는 기대만큼 성장한 선수도, 성장하지 못한 선수 역시 있었다.

모든 선수가 성공할 수는 없다.

이 중에서 팀에 남을 유망주도 있겠지만, 몇몇은 팀을 아예 떠날 확률이 높았다.

"우선은 지켜보도록 하고, 다가올 여름 이적 시장에선 여유가 생기겠죠?"

"그렇겠지. 구단 입장에서도 다시없을 기회니까. 아마 비싼 매물을 사달라고 해도 사줄걸?"

"쇼핑 리스트를 짜야겠네요."

말을 하면서도 기분이 좋아졌는지 원지석이 작은 미소를 지었다. 돌이켜 보면 지난여름은 어느 때보다 힘들었던 이적 시장이었다.

단순히 선수를 고르는 게 아니라, 현재 예산으로 무엇이 가능할지에 대해 고민부터 했으니까.

「[마르카] 무승부를 기록한 발렌시아 어린이집!」
「[스포르트] 유망주들의 활약에 미소를 짓는 원지석!」

이후 원지석은 적극적인 로테이션과 함께 다양한 실험을 했다.
전술적으로도, 선수 구성에서도.
우선 코어 선수들로 중심을 잡았으며 여기에 로테이션 멤버

들이나 유망주들이 섞였다.

"라리가의 B팀 시스템은 꽤나 좋다고 생각해요. 3부 리그라도 우선 실전 경험을 쌓는 거니까요."

라리가의 B팀 시스템은 다른 리그와 차이점이 있었다.

구성 자체는 여타의 리저브 팀과 같지만, 2군 팀만의 리그가 있는 해외와는 달리, 라리가의 B팀은 프로리그에 편입된 것이다.

원지석이 좋다고 한 점이 그거였다.

어린 유망주들에겐 3부 리그라도, 프로 무대에서의 경험이 매우 소중할 테니까.

물론 1군 팀이 있는 곳까지는 승격을 하지 못한다는 규정이 있기에 부딪칠 일은 없었다.

"현재 재계약을 논의 중인 가야는 아직까지 계약서에 사인을 하지 않고 있습니다. 팀을 떠날 거라는 말이 사실인가요?"

"흐음."

그때 한 기자가 손을 들며 한 질문에.

원지석이 얼굴을 구겼다.

"재계약은 구단과 선수의 일입니다. 언론들이, 다른 구단들이 상관할 이야기가 아니죠."

이미 몇 번이고 했던 말이었다.

그런 만큼 원지석은 이 지겨운 상황에 쓴소리를 했다.

기자회견인 만큼 순화되었지, 사실상 우리가 알아서 할 테니까 좀 빠지라는 뜻이었고.

물론 가야와의 재계약은 매우 중요한 일이다.

그렇다고 해서 팀에 좋지 못한 영향을 끼친다면 감독으로서
지켜볼 수 없었다.

「[수페르 데포르테] 가야, 내 미래는 내가 정한다」

가야 역시 팀에 악영향을 주기 싫다는 듯, 사람들이 언론에
영향을 받지 않길 원했다.

모든 가능성은 열려 있다.

하지만 지금으로선 마치 누군가의 주도 아래 흘러가는 느낌
마저 들었다.

"호세, 우리는 더 큰물에 가서 놀아야 해."

"산티아고 씨."

중년 남성의 말에.

가야가 씁쓸한 얼굴로 중얼거렸다.

누군가의 정체를 파악하는 건 그리 어렵지 않았다.

그의 에이전트인 산티아고가 이것저것 정보를 뿌리며 현재 상
황을 만들었으니까. 재계약이 지지부진한 것도 다른 게 아니다.

산티아고는 재계약을 받아들일 생각이 없었다.

"저는 이 팀이 좋아요."

"아니, 내가 장담하는데. 자네는 더 큰 클럽의 역사에 기록될
전설이 될 거야. 설마 또 바보처럼 남겠다는 생각은 아니겠지?"

사실 가야는 팀을 빠르게 떠날 것으로 예상되었던 선수다.

그럼에도 불구하고 끝끝내 발렌시아에 남은 건, 팀에 대한

애정 때문이었다.

그 애정도 형편없는 팀의 사정으로 사라져 갈 쯤.

원지석이 부임했다.

'너희들의 도움이 필요하다.'

이적 요청을 한 선수들을 모아놓고 했던 원지석의 말. 사실 그때까지만 하더라도 가야는 팀을 떠날 각오를 굳힌 상태였다.

하지만 점점 변하는 팀을 보면서.

그 팀의 일원이 되어 뛸수록, 가야의 마음 역시 점점 바뀌어 가는 걸 깨달았다.

"이번이 마지막 기회야."

산티아고가 눈을 부릅뜨며 말했다.

굳이 그렇게까지 말하지 않더라도 가야 역시 잘 알고 있었다.

팀을 떠날 거라면 이번이 마지막 기회라는 걸.

"…생각할 시간을 주세요."

더 이상 없을 기회와, 팀을 사랑하는 마음이 부딪치며 머릿속을 어지럽게 만들었다.

"혼란스러운 거 알아. 하지만 다 필요한 일이야."

어깨를 다독이는 산티아고를 보며 가야가 쓴웃음을 지었다.

필요한 일이라. 누구에게 필요한 일일까. 선수가 아닌 에이전트에게 해당되는 말인 걸 안다.

혼자 남은 가야는 멍하니 있다가 스마트폰을 들었다. 잠깐의 망설임 끝에 가야는 누군가에게 전화를 걸었다.

─여보세요?

이제는 익숙해진 목소리.

그 사람은.

원지석이었다.

"감독님?"

─무슨 일이야?

"재계약 관련으로 전화했어요. 팀을 떠나게 될지도 모르거든요. 아니, 그럴 거라 생각해요."

가야는 자신의 생각을 솔직하게 꺼냈다.

잠시 뜸을 들인 원지석은 생각보다 평온한 어조로 물었다.

─그건 네 의지냐?

원지석 역시 현재 상황이 어떻게 돌아가는지 알고 있는 모양이었다. 에이전트가 장난질을 하고 있다는 걸 감독이 모를 리가 없었으니까.

그 물음에 가야는 입을 다물었다.

솔직히 말하면, 떠나고 싶은 마음이 아예 없는 건 아니다. 산티아고의 말처럼 더 높은 선수가 되길 원했다.

굳이 감독에게 전화를 한 것도 그래서일지 몰랐다.

확답을.

마음을 굳힐 확신을 원했기에.

"잘 모르겠어요. 감독님, 제가 발렌시아에 남으면 바뀌는 게 있을까요?"

또 잠깐의 반짝 이후 다시 침체기를 겪는 건 아닐까. 가야가 잔류를 망설이는 건 그게 가장 컸다.

수화기 너머 원지석이 한숨을 쉬는 소리가 들렸다.

이런 건 나랑 어울리지 않는데, 그런 중얼거림 끝에 그가 답했다.

―라리가 우승이니, 빅이어를 들게 해주겠다는 건 너무 식상한 약속일 테니까. 약속하마. 가장 많은 돈을 주지는 못해도 최고의 선수로 만들어주겠다고.

"……."

그렇게 전화가 끊어졌다.

스마트폰을 내려놓은 가야가 소파에 몸을 뉘였다.

슬쩍 고개를 돌리니 선반 위에 올려진 사진들이 보였다.

액자 속의 사진들은 어릴 때의 모습부터, 얼마 전에 찍은 사진까지 걸려 있었는데, 공통점이 있다면 모두 발렌시아의 유니폼을 입고 있다는 것이다.

'뭐가 저렇게 좋은지.'

유스도 뭣도 아닌 어린아이였을 때에도 발렌시아 유니폼을 입었고.

맨 처음 들어간 유스에서.

프로 데뷔를 했을 때의 사진까지.

그들의 공통점은 모두 웃고 있다는 거였다.

"산티아고 씨? 할 말이 있어요."

긴 고민 끝에.

가야는 결정을 내렸다.

「[수페르 데포르테] 가야, 에이전트를 해고시키다!」

자신에게 필요한 일을 하기로.

*　　　　*　　　　*

「[오피셜] 호세 루이스 가야, 4년 재계약을 체결!」

"행복합니다. 결정은 그리 어렵지 않았어요. 제 심장은 발렌시아에 있으니까요."

그렇게 말한 가야는 계약서에 사인을 마무리 지었다.

부주장이자 팀을 상징하는 로컬 보이와의 재계약에 팬들은 축제 같은 분위기에 휩싸였다.

이번 재계약으로 가야는 팀 내 최고의 주급을 받게 되었고, 그 바이아웃도 대폭 올라 갑부 구단들도 침을 삼킬 수밖에 없게 되었다.

「[수페르 데포르테] 가야의 재계약, 핵심은 챔피언스리그다」

물론 여기엔 하나의 조건이 있었다.

발렌시아가 챔스에 나가지 못하게 될 경우.

그에게 걸린 바이아웃이 현실적인 금액으로 내려가는 조항이 삽입된 것이다.

「[마르카] 레알 마드리드, 리그 우승을 확정 짓다!」
「[스포르트] 마침내 마무리된 라리가」

그리고 23/24 시즌이 끝났다.

리그 우승은 레알 마드리드가 차지했지만 아직 모든 게 끝난 건 아니다.

코파 델 레이.

발렌시아에겐 무관의 탈출을, 레알 마드리드에겐 더블의 기로가 될 대회가 남았으니 말이다.

"오르텐시오는 빈손으로 떠나게 될 겁니다."

지난 시즌 챔피언스리그 결승전에서 오르텐시오가 했던 말을, 이번엔 원지석 본인이 입에 담으며 미소를 지었다.

준비는 끝났다.

49 ROUND
두 번째 시즌

「[마르카] 2023/24 라리가 리뷰」
「[스포르트] 기대보다 성공한 팀과, 실패한 팀은?」

시즌이 끝나며.

그동안의 시간을 돌아보는 기사들이 나왔다.

분데스리가엔 랑리스테라는 신뢰적인 정리가 있지만, 라리가는 언론사마다 의견이 다른 편이었다. 그래 봐야 레알과 바르셀로나 중 어느 쪽에 더 우호적인지에 따라 달랐지만.

그리고 그들이 발렌시아에 내린 종합적인 평가는.

성공적인 데뷔 시즌.

혹은 퇴물 딱지를 받은 선수들의 반전 정도로 요약할 수 있었다.

「[수페르 데포르테] 챔피언스리그에 복귀한 발렌시아!」

처음에만 하더라도 불안한 시작을 알리던 발렌시아였지만, 감독인 원지석은 혼란스러운 팀을 수습하고 이내 반전에 성공했다.

최종 순위는 3위.

기어코 AT 마드리드를 제치고 순위를 한 단계 더 끌어올린 것이다.

뭐, UEFA 리그 랭킹 4위까지는 플레이오프를 거치지 않도록 바뀌었기에 큰 의미가 있지는 않았지만.

"그쪽 라인이 안 맞잖아!"

드론으로 선수들을 지켜보던 원지석이 소리를 질렀다.

시즌을 시작하며 정했던 최소한의 목표는 이루었다. 그럼에도 여기서 만족하고 싶지는 않았다.

코파 델 레이.

발렌시아와는 오랫동안 인연이 없던 트로피였기에 욕심이 났다.

'욕심으로 무리를 할 생각은 없지만.'

결승전까지는 일주일 정도가 남았기에 가급적 완벽에 가까운 준비를 하고 싶었다.

선수들은 좋은 끝맺음을 위해 뛰었고.

그런 녀석들 중에서도 필사적으로 뛰는 선수가 있었다.

"오드리오솔라."

"네?"

수건으로 땀을 닦던 오드리오솔라가 자신을 부르는 소리에 고개를 돌렸다.

이리로 오라는 듯 까딱거리는 원지석의 손에는 물병이 들려 있었다. 수건을 목에 걸친 녀석이 음료를 받아 들며 벤치에 앉았다.

"곧 마지막 경기지?"

"그러네요."

임대생인 오드리오솔라는 이번 시즌을 끝으로 맨 시티에 돌아가게 된다.

만약 코파 델 레이에서 떨어졌다면 이미 잉글랜드로 복귀했을 상황. 그에겐 다가올 결승전이 발렌시아에서의 마지막 경기였다.

"맨 시티에서 기대하고 있다며? 축하한다."

"뭘요."

오드리오솔라가 머쓱한 얼굴로 콧잔등을 긁적였다.

실패한 이적.

망한 선수.

잉글랜드에서 그가 듣던 소리다.

변화가 필요하다는 건 그가 가장 잘 알고 있었다. 그랬기에 친정 팀과 싸울 각오를 하며 임대를 택한 거였고.

결과적으로 원지석에게나, 오드리오솔라에게나 이번 임대는 굉장히 좋은 선택이 되었다.

그것도 이제는 마지막 경기지만.

"마음 같아선 완전 영입을 하고 싶은데, 너무 잘해줬어."

퍼포먼스를 회복한 오드리오솔라를 보며 원소속 팀인 맨 시티에서도 굉장한 기대를 하는 모양이었다.

슬쩍 완전 영입에 대해 물어보니, 그럴 생각은 없다고 단호한 답변이 돌아왔으니까.

"갈 땐 가더라도 트로피 하나 멋지게, 알지?"

오드리오솔라의 어깨를 두드린 원지석이 몸을 일으켰다.

단체 훈련이 끝났지만 아직 자리를 떠나지 않은 선수들은 각자, 혹은 몇 명과 함께 개별적으로 훈련을 받았다.

"그러니까 조금 더 쉽게, 릴렉스하게. 알겠어?"

"흐으음."

다비드 실바에게 개인 교습을 받던 세바요스가 아리송한 얼굴로 고개를 갸웃거렸다.

뭔가 알 듯 말 듯.

그러면서도 모호한 느낌이었다.

세바요스는 강한 킥력을 바탕으로 전방에 패스를 뿌리는 타입인데, 실바처럼 미려한 플레이 스타일을 습득하는 건 생각보다 쉽지 않았다.

"아니, 이렇게 쉬운 걸 왜?"

답답하다는 듯 실바가 환상적인 패스를 선보였다. 그걸 보며 세바요스가 어이없다는 얼굴로 한숨을 쉰 건 덤이었고.

"시벌, 그냥 선수로 복귀해도 되겠네."

"이래서 천재들은."

미드필더들이 그런 말을 나눌 때.

공격진에선.

레반도프스키의 패스를 페란 토레스가 받기 위해 뛰는 중이었다.

"조금 더 빠르게 움직이는 게 낫겠다."

"허억, 허억!"

토레스는 대답 대신 거친 숨을 토했다.

산티 미나, 바르보사를 비롯한 기존의 쓰리톱은 호흡이 괜찮았지만.

로테이션을 돌릴 때의 다른 측면공격수들과는 아직 매끄럽지 못한 편이었다.

"한 번만 더 해보자."

"아니, 조금만 더 쉬고, 허억!"

폐가 터질 것 같았지만 싫다는 말은 나오지 않았다.

당장은 불가능할지라도 프리시즌, 더 나아가 다음 시즌까지는 팀워크를 완성할 터였다.

즉, 그 말은.

「[수페르 데포르테] 발렌시아, 레반도프스키와 1년 연장 계약에 합의!」

가야만이 아니라 레반도프스키의 재계약도 거의 확정적이라
는 소리였다.

* * *

발렌시아 선수들이 땀을 흘리는 것처럼.

레알 마드리드 역시 결승전을 준비하며 구슬땀을 흘리는 중
이었다.

특히 그들은 코파 델 레이에서 가장 많이 결승전에 오른 팀
이지만, 트로피를 들어 올린 횟수로는 3위에 머물렀다. 그만큼
준우승이 많다는 이야기다.

"오늘따라 왜 이렇게 빡빡해?"

"뻔하지, 저번 발렌시아전 이후로 표정이 심각하더만."

헤수스 바예호의 말에 테오가 어깨를 으쓱였다.

오르텐시오의 부임 이후 훈련장 분위기는 항상 여유로웠던
편이지만, 오늘은 달랐다.

저 인간이 저런 표정도 지을 수 있었구나.

그런 생각이 들 정도로 진지해진 감독의 분위기가 신기했다.

"지난 시즌 챔피언스리그 결승전보다 더 열심인데?"

"뭐, 지 잘난 맛에 살던 감독이 한 수 아래로 보던 사람에게
당했으니까."

농담으로 한 말이겠지만, 어찌 보면 정답에 가장 근접한 말

이었다.

결국 무승부를 거뒀다고 해도.

후반기 발렌시아전에서 먼저 털리듯 쥐어 터졌던 경험은, 오르텐시오에게 적지 않은 스크래치를 남겼다.

"아마 이번 경기에서 실수한 사람은 감독님이랑 개인 면담을 해야 할 거야."

"최악이네."

선수들은 그렇게 말을 하면서도 의욕을 불태웠다. 감독이 저렇게까지 해주는데 그들이 놀 수는 없지 않은가.

양 팀 모두.

준비는 끝났다.

─23/24 시즌을 마무리하는 코파 델 레이 결승전! 레알 마드리드와 발렌시아, 오르텐시오와 원지석의 대결!

─팀이 바뀌어도 다시 한번 중요한 길목에서 맞닥뜨린 두 감독입니다!

인연이라면 인연인 걸까.

라커 룸 대화를 끝낸 원지석은 터널을 걸으며 그런 생각을 했다.

지도하는 팀이 바뀌어서도 이렇게 꾸준히 만나고, 그게 천적이라고 불리는 감독이라면.

'재미있네.'

가능하면 이런 관계가 오래 지속되길 원했다.

자신을 끝없이 발전시켜 줄 상대.

경쟁은 사람을 도태되지 않도록 해주니까.

"윈!"

터널을 지나자 누군가가 손을 흔드는 모습이 보였다. 오늘 상대할 감독인 오르텐시오가 반갑다는 듯이 웃었다.

"컨디션은 어때요?"

"나쁘지 않네요."

"다행이네요. 컨디션이 나쁜 당신을 이기고 싶진 않았으니까."

언뜻 보면 오만하게 들릴 말이지만.

거기에 악의가 없다는 걸 깨달았는지 윈지석이 작게 미소를 지었다. 마찬가지였다. 그 역시 상대방이 최선의 컨디션으로 나와주길 바랐으니까.

"어때요?"

그때 주머니에서 꺼내진 것은 동전이었다.

또 동전 점괘라도 하자는 걸까.

케빈이 있었다면 욕설을 내뱉었겠지만, 그는 지금 라커 룸에서 마지막 점검을 하고 있었다.

"모든 준비를 다 했고, 이제 남은 건 운뿐이죠."

팅.

동전이 높이 튕겨졌다.

오르텐시오는 앞면.

원지석은 뒷면.

과연 승리의 여신이 누구를 위해 손을 들어줄지 오르텐시오가 기대감 어린 눈으로 볼 때.

허공에서 그 동전을 잡아채는 사람이 있었다.

"뒷면이 저라고 했죠."

잡은 동전을 물끄러미 보던 원지석이 그의 손등 위로 동전을 올려놓았다.

뒷면이었다.

"승리는 운이 정하는 게 아닙니다. 내가 만드는 거지."

그 말을 남긴 원지석이 몸을 돌렸다.

멍하니 그 모습을 바라보던 오르텐시오가 머리를 긁적였다.

한 방 먹었는걸.

—양 팀의 라인업입니다.

—먼저 레알 마드리드의 라인업부터 살펴보도록 하죠.

골키퍼 장갑은 케파가 꼈으며.

포백에는 테오 에르난데스, 헤수스 바예호, 바란, 카르바할이.

중원에는 코바치치, 크로스의 뒤를 카세미루가 받쳤고.

마지막 최전방에는 이스코, 해리 케인, 살라가 서며 쓰리톱을 구성했다. 이번 시즌 무시무시한 위력을 자랑하던 공격진이 그대로 나온 것이다.

―이에 맞서는 발렌시아의 라인업입니다.

―발렌시아 역시 433 포메이션을 꺼냈습니다.

골키퍼 장갑은 하우메 도메네크가.

포백에는 가야, 토비, 데 리흐트, 오드리오솔라가 서며 수비진을 완성했고.

중원에는 세바요스, 솔레르의 뒤를 콘도그비아가.

최전방에는 산티 미나, 레반도프스키, 바르보사가 서며 레알 마드리드의 골문을 노렸다.

삐이익!

경기가 시작되었고.

선축은 레알 마드리드가 가져갔다.

코바치치와 공을 주고받던 크로스는 점점 조여 들어오는 발렌시아의 압박에 수비진으로 길게 백패스를 보냈다.

―레알 마드리드가 느릿하게 경기를 풀어갑니다.

―카르바할에게 공을 넘기는 바란.

산티 미나가 빠르게 전방 압박을 하자 바란이 측면으로 공을 옮겼다.

이를 운반하던 카르바할은 미드필더진과 원투 패스를 주고받으며 천천히 앞으로 나아갔다.

─공은 다시 크로스에게.

─측면을 넓게 가로지르는 스루패스!

오프사이드트랩을 돌파하려는 살라와, 그걸 눈치챈 크로스가 정확한 패스를 찔렀다.

강한 힘이 실린 땅볼 패스가 발끝에 정확하게 전달되었다.

"와우."

나지막이 감탄을 터뜨린 살라가 드리블을 하려 할 때, 빠르게 그에게 달려오는 사람이 있었다.

오늘 경기 내내 부딪칠 수비수.

가야였다.

"벌써부터 피곤하게 이럴 거야?"

"음, 경기가 끝날 때까지 이럴 건데."

뒤에서 느껴지는 가야의 압박에 살라가 혀를 찼다. 어느새 코너킥 깃발까지 몰려간 그는 공을 지키며 동료들이 오길 기다렸다. 하지만 꽤나 먼 거리에 있기에 시간이 걸릴 상황.

─아! 공만 빼내는 데 성공한 가야!

─놀라운 태클이었습니다!

동료들의 지원을 포기한 살라가 몸을 돌리려는 순간, 가야는 그 다리 사이로 발을 집어넣었다.

정확히 공만 빼낸 깔끔한 수비.

이어지는 건 발렌시아의 빠른 역습이었다.

―측면을 달리는 가야!

―크로스를 쉽게 벗어납니다!

자신의 앞을 커버하는 크로스를 보며 가야가 속력을 폭발시켰다.

크로스를 따돌린 그는 다리를 멈추지 않았으며, 앞쪽에서는 산티 미나가 수비수들을 흔들었다.

―레알 마드리드가 촘촘한 압박으로 측면을 커버하는군요!

―카르바할과 산티 미나가 대치 중입니다!

그런 산티 미나를 막기 위해 카르바할이 공간 압박에 들어갔고, 중앙에는 카세미루가 점점 조여오는 중이었다.

"루이스!"

그때 누군가가 손을 들며 소리쳤다. 그러면서도 수비진 근처를 서성이는 레반도프스키가 말이다.

각을 잰 가야가 얼리크로스를 올렸다.

―공을 받는 레반도프스키!

―아! 헤딩으로 공을 띄웁니다!

수비수들을 등지고 있던 레반도프스키가 크로스를 헤딩으로 높이 띄웠다.

　뒤에 있던 바예호가 달려왔지만.

　떨어지는 공을 무릎으로 패스한 레반도프스키가 그대로 몸을 돌리며 바예호와 엇갈렸다.

　ㅡ다시 안쪽으로 연결하는 바르보사! 그 끝에는 레반도프스키가!

　ㅡ레반도프스키이이이!

　쾅!

　강렬한 슈팅이.

　골문 구석을 향해 쏘아졌다.

　　　　　＊　　　　　　＊　　　　　　＊

　ㅡ골대! 골대를 맞고 빗나가는 슈팅!

　텅!

　레알 마드리드의 골키퍼인 케파는 그 소리에 심장이 철렁이는 걸 느꼈다.

　언제 왔는지, 레반도프스키를 눈치챘을 때엔 이미 슈팅을 하고 있었기 때문이다.

"후우!"

"지렸냐?"

"조금?"

짓궂게 묻는 바예호의 말에 케파가 어깨를 으쓱였다. 평소 같으면 마크 똑바로 안 하냐며 욕지거릴 했겠지만, 금방 있었던 레반도프스키의 오프 더 볼은 인정하지 않을 수가 없었다.

"영화에 나오는 암살자 같더만. 정신 똑바로 차려."

"알아."

케파의 핀잔에 헤수스 바예호가 침을 퉤 뱉었다. 슬슬 골킥으로 공격에 나설 차례였다.

레알 마드리드는 급하게 나서지 않았다.

중원을 통해 차근차근 빌드 업을 쌓아갔으며, 그러면서도 기회가 생긴다면 기어를 바꾸고선 공격을 몰아쳤다.

―오늘 레알 마드리드의 플레이는 전체적으로 묵직한 느낌이 드는군요.

―한 번이라도 공격을 허용한다면 치명상이에요!

발렌시아는 그런 레알 마드리드의 플레이를 방해하기 위해 적극적으로 중원을 압박했다.

그럼에도 종횡무진 활약을 하는 선수가 있었는데.

오늘 이를 갈고 나온 이스코였다.

─압박을 벗어나는 이스코!

─좋은 움직임입니다!

이스코는 드리블을 즐겨 쓰는 플레이메이커로, 탈압박에도 능한 모습을 보여주는 선수다.

오드리오솔라의 태클을 피한 그가 안쪽으로 빠르게 달렸다.

아무래도 지난번 발렌시아와의 경기에서 최악의 퍼포먼스를 보여준 걸 아직도 마음에 담고 있었던 듯, 오늘은 이를 악물며 경기를 뛰었다.

'내가 가야 되나.'

중앙으로 돌파하는 녀석을 보며 콘도그비아가 빠르게 머리를 굴렸다.

앞에는 독을 품은 이스코.

뒤에는 언제든지 슈팅을 쏠 케인이 있었다.

'오드리오솔라가 복귀하기에는 좀 늦겠어.'

콘도그비아가 슬쩍 고개를 돌렸다.

마침 같은 생각을 하고 있었는지, 눈이 마주친 데 리흐트가 고개를 끄덕였다.

"위험한 거니까 조심하는 게 좋을 거야!"

"그쪽이나 신경 써요!"

측면을 압박하기 위해 콘도그비아가 빠지자, 데 리흐트가 자리를 옮기며 케인을 자유롭게 두지 않았다.

―콘도그비아를 맞닥뜨린 이스코! 피하지 않고 그대로 돌진합
니다!

이스코가 눈을 번뜩이며 다리에 힘을 주었다.

후반기 발렌시아전에서 콘도그비아에게 지워진 경험이 떠오
른 것이다.

트라우마처럼 남겨진 당시의 기억이 되새겨지자 그가 이를
갈았다. 오늘을 위해 얼마나 칼날을 갈았던가.

복수를 할 시간이었다.

'왼쪽.'

오른쪽으로 몸을 움찔거리는 녀석을 보며 콘도그비아는 그
게 페인팅이라는 걸 눈치챘다. 뻔한 속임수였다. 이러다가 왼쪽
으로 방향을 꺾겠지.

역시나.

몸을 움찔한 이스코가 반대쪽으로 돌아가려는 게 보였다.

'지난 경기에서 그렇게 털려놓고 변한 게 없군.'

콘도그비아가 왼쪽으로 몸을 들이밀려던 순간이었다. 방향
을 바꾸지 않은 이스코가 그대로 오른쪽을 파고들었다.

그런 둘의 시선이 허공에서 얽혔다.

"시발, 좆."

"병신."

완벽한 심리전이었다.

비웃음을 남긴 이스코가 속도를 올렸다.

그가 몸을 돌렸을 땐 이미 페널티에어리어를 침입한 뒤였다.

―콘도그비아를 제친 이스코! 계속해서 달립니다!

―이스코의 슈우우웃!

쾅!

데 리흐트가 케인까지 신경 써야 하는 만큼, 이스코는 헐거워진 수비에 욕심을 냈다.

인사이드로 감아 찬 슈팅이 부드럽게 휘며 골문 구석으로 향했다.

―아! 골문 앞에 있던 토비가 헤딩으로 걷어냅니다!

―발렌시아의 팬들이 안도의 한숨을 쉬는군요! 한 골이나 다름없었던 헤딩이에요!

"뭐 해, 인마!"

도메네크와 토비가 동시에 콘도그비아를 향해 소리쳤다. 자신만만하게 나간 거치고는 형편없이 뚫렸기 때문이다.

콘도그비아 역시 머쓱한 얼굴로 머리를 긁적이다가 이내 엄지를 세웠다.

이어진 코너킥에선 골키퍼인 도메네크가 공중볼을 잡아내며 소유권을 가져오게 되었다.

─바르보사의 슛!

─골문을 살짝 벗어나네요!

경기는 그렇게 치고받는 싸움이 이어졌다.

레반도프스키는 측면공격수들에게 공간을 만들어주었으며, 가끔은 본인이 직접 올라가 슈팅을 때렸다.

하지만 레알 마드리드의 골문은 쉽게 열리지 않았다. 수비진의 기량이 뛰어난 것도 있지만 무엇보다 전술을 잘 짜 온 느낌이 들었다.

"저걸 막네."

바란의 환상적인 수비를 보며 원지석이 괜히 안경을 고쳐 썼다.

삐이익!

곧 전반전 종료를 알리는 휘슬에 어깨를 으쓱인 그가 라커룸을 향해 걸었다.

"나쁘지는 않지만, 더 분발해라. 그러지 않으면 트로피를 드는 대신 잘 싸웠다는 소리만 들을 테니까."

원지석의 말에 선수들이 고개를 끄덕였다.

곧 코치들 중 몇 명이 태블릿을 가져와 선수들에게 새로운 지시를 설명했다.

선수 하나하나에게 원지석이 직접 지시를 하면 좋았겠지만, 이번엔 그 내용이 많았기에 효율적인 선택을 한 것이다.

"미나, 후반 70분쯤에는 너를 뺄 거야. 그러니까 미친 듯이 뛰어도 돼.

아니, 심장이 터지도록 뛰지 않으면 화를 낼 거다.

감독의 요구에 산티 미나가 고개를 끄덕였다.

하프타임이 끝나갈 때가 되자, 원지석은 손뼉을 크게 한 번 치며 마무리를 지었다.

"녀석들에게 준우승 하나를 추가시켜 주는 거다."

경기가 재개되었다.

후반전이 시작되며 크게 바뀐 점은 없지만 세세한 점에서 차이가 느껴졌다.

공격과 수비 시의 역할 분담이나, 패스를 줄 때엔 어떤 식으로 주는지. 그런 디테일 말이다.

―전방에서 압박을 하는 솔레르! 다시 공을 끊어냅니다!

―또 한 번 이어지는 발렌시아의 공격!

하프 윙의 역할을 맡은 솔레르가 측면으로 돌아가자 바르보사는 수비 라인을 타고 중앙을 향해 달렸다.

선택지는 두 가지.

중앙인 바르보사에게 패스를 하느냐, 아니면 측면의 오드리오솔라에게 넓게 벌려주느냐.

솔레르의 선택은 후자였다.

톡 찍어 올린 로빙 스루패스가 테오의 키를 넘기며 오드리오솔라에게 닿았다.

—측면 끝까지 달려간 오드리오솔라! 몸을 한 번 접고선 페널티박스를 바라보네요!

오드리오솔라가 빠르게 페널티에어리어를 향해 달렸다. 하지만 수비진들이 자리를 잡고 있어서 직접 마무리를 하기엔 무리인 상황.

그때 자신의 움직임에 맞춰 뛰는 솔레르의 모습이 보였다. 공을 주면서도 쉬지 않고 움직인 모양이다.

결정은 빨랐다.

아웃프런트로 밀어낸 스루패스가 솔레르에게 향했다.

—공이 다시 솔레르에게!
—솔레르가 논스톱으로 바르보사에게 연결합니다!

경기 내내 촘촘한 수비진을 자랑하던 레알 마드리드의 수비진이었지만.

지금 같은 연계엔 반응하기가 쉽지 않다.

그들이 정신을 차렸을 땐, 이미 바르보사가 수비 라인을 뚫은 뒤였다.

슈팅 각도를 좁히기 위해 뛰어오는 케파를 비웃듯 그는 반대쪽 골문을 향해 슈팅을 깔아 찼다.

―바르보사아아! 골! 골입니다!

―마침내 터진 선제골의 주인공은 발렌시아의 가비골입니다!

와아아아!

경기장 반쪽을 채운 발렌시아의 머플러가 미친 듯이 흔들렸다.

골을 넣은 바르보사 역시 발렌시아 팬들이 있는 곳을 향해 달려가 그대로 점프를 하는 셀레브레이션을 펼쳤다.

―하하, 굉장히 좋아하는데요?

―그런데 원지석 감독이 터치라인을 따라 선수들에게 달리는군요!

원지석의 모습은 어찌 보면 함께 셀레브레이션을 즐기려는 것 같았지만, 실상은 다르다.

"정신 똑바로 차려."

오히려 그는 선수들의 경각심을 일깨웠다.

오르텐시오를 상대로 지금 같은 장면이 몇 번 있었다.

선제골을 넣었지만, 마지막 순간에 집중력을 잃으며 승리를 놓친 경기가.

이번엔 절대 그 꼴을 봐선 안 된다.

—산티 미나의 놀라운 투혼! 정말 이를 악물고 뛰는군요!
—동료들이 엄지를 드네요!

아웃 되려는 공을 포기하지 않고 달려간 산티 미나가 기어 코 공을 살려냈다.

비록 레알 마드리드 선수의 몸을 맞고 스로인이 선언됐지만, 박수를 받기에 부족함이 없는 허슬플레이였다.

—오르텐시오 감독이 동전을 만지작거리는군요.
—아까도 한 번 튕겼지만, 생각대로 풀리지 않는 모양입니다.

점점 줄어드는 시간에.
오르텐시오가 아랫입술을 깨물었다.

분명 레알 마드리드가 동점골을 만회할 기회가 있었다. 하지 만 기회를 놓친 게 단순히 운이 없어서일까?

'아니, 그냥 발렌시아가 더 잘하는 거뿐인가.'

그러는 사이 발렌시아에서 선수교체를 알렸다.

후반전에 들어서 미친 듯이 뛴 산티 미나는 페란 토레스로 교체되었고.

세바요스는 팀의 주장인 파레호와 교체되며 팬들의 박수를 받았다.

—가야가 주장 완장을 건넬 준비를 합니다.

"힘들지?"

"뭘요."

땀으로 푹 젖어버린 가야를 보며 파레호가 장하다는 듯 그의 등을 두드렸다.

"아직 경기 안 끝났어! 좀 더 힘을 내!"

터치라인에 있던 원지석은 선수들의 집중력이 흐트러지지 않도록 계속해서 소리를 질렀다. 이대로 지지 않겠다는 듯 슈팅을 퍼붓는 레알 마드리드의 공격이 제법 매서웠기 때문이다.

그리고 마침내.

도메네크가 케인의 슈팅을 잡으며 품에 끌어안는 것을 마지막으로.

삐이익!

경기가 끝나게 되었다.

—손에 땀을 쥐게 한 코파 델 레이 결승전이 이렇게 막을 내리게 되네요!

—양 팀 모두 잘 싸웠던 경기였어요!

휘슬이 울린 것과 동시에 발렌시아 벤치에 있던 사람들이 그라운드를 향해 달렸다.

그들은 기진맥진한 선수들을 꽉 껴안았으며, 누군가는 뺨에 뽀뽀를 하자 기겁하는 장면도 있었다.

"하아."

오르텐시오는 허탈한 느낌에 한숨을 쉬었다.

설마 질 줄이야.

익숙하지 않은, 익숙하기 싫은 느낌이었다.

"동전 점괘, 흥미로웠어요."

뼈가 있는 말에 오르텐시오가 쓴웃음을 지었다. 그동안의 업보가 돌아오듯 그의 행동이 돌아온 거니까.

레알 마드리드 선수들이 먼저 메달을 받은 뒤 내려갔고, 곧이어 오늘의 우승 팀인 발렌시아가 시상대에 올라섰다.

한쪽 손잡이에는 주장인 파레호가.

반대쪽에는 부주장이자, 이번 시즌 실질적인 주장 역할을 한 가야가 잡았다.

"하나, 둘!"

트로피를 드는 동시에.

모두가 손을 들며 환호성을 질렀다.

*   *   *

「[마르카] 마침내 오르텐시오를 꺾은 원지석!」
「[스포르트] 코파 델 레이 우승을 차지한 발렌시아!」

힘든 경기였다.

그렇기에 더욱 달콤한 트로피였고.

더욱이 원지석에겐 의미가 많은 경기였다.

발렌시아에서의 첫 트로피이자.

항상 중요한 고비마다 패배를 안겨준 오르텐시오를 상대로 거둔 첫 승리였으니까.

「[수페르 데포르테] 오드리오솔라, 환상적인 시간이었다」

그렇게 시즌이 끝나고.

오드리오솔라는 맨 시티에 복귀하게 되었다.

자존심을 회복한 그는 웃으며 발렌시아에게 작별 인사를 남겼다.

"즐거웠던 시간이었고, 좋은 마무리를 하게 되어 기쁘네요. 이곳에서 느꼈던 감정을 잊지 못할 거예요. 1시즌 동안 이 팀에 있어서 행복했습니다."

동료들은 포옹을 해주었고.

팬들 역시 매우 좋은 활약을 보여준 그에게 웃으며 손을 흔들어주었다.

「[ABC] 뭉칫돈을 풀 발렌시아!」

「[엘 파이스] 챔피언스리그 복귀와 함께 원지석이 영입할 선수들은?」

떠난 사람이 있으면 새로 들어올 사람이 있게 마련.

발렌시아에겐 매우 중요할 프리시즌이 시작되었다.

*　　　　　*　　　　　*

간만에 복귀한 챔피언스리그.

기쁜 건 기쁜 거지만.

한순간의 기쁨으로 끝내지 않기 위해선 이제부터가 중요하다.

「[마르카] 다시 한번 유럽에 도전하는 박쥐 군단!」

「[스포르트] 발렌시아의 우선적인 보강 포지션은?」

많은 선수들의 이름이 언급되었다.

그들 중에는 유명한 선수도, 혹은 잊혀가거나 유명하지 않은 선수도 있었다.

전자의 경우는 보드진에서 대대적인 지원을 하겠다는 사실을 인정했고, 후자인 경우는 다 늙은 퇴물이나 실패한 선수들을 부활시키며 나온 이야기였다.

어느 쪽이든 새로운 영입은 필수다.

이제부터는 챔피언스리그를 병행하기 때문에 체력적인 관리가 힘들어질 테니까.

「[ABC] 수비 개편을 원하는 원지석!」

그리고 그 선수들 중에서도 수비수들의 이름이 자주 언급되는 편이었다.

지난 시즌 주전 센터백이었던 토비는 회춘에 가까운 활약을 해줬지만, 나이가 나이인 만큼 언제 폼이 떨어져도 이상하지 않았고.

오른쪽 풀백에서 활약한 오드리오솔라는 소속 팀에 복귀하며 보강이 필요한 상황.

"일단 오른쪽 풀백부터 우선적으로 찾죠."

원지석은 스카우트 팀에게 그런 의견을 전했다. 당장 센터백이 급하진 않았기 때문이다.

부상만 없다면 무리요 역시 괜찮은 센터백인 데다, 지난 시즌엔 주로 풀백에서 뛰던 후벤 베주 역시 본래 포지션은 센터백이었다.

─알겠습니다. 이대로 영입을 추진하도록 하죠.

"감사합니다."

─참! 공격수 쪽 말인데, 그 선수는 조금 힘들지도 몰라요. 노리는 팀이 많거든요.

"일단 시도는 해봐야죠. 부탁드립니다."

전화를 끊은 원지석이 길게 숨을 내쉬며 기지개를 켰다. 창밖을 보니 어느새 해가 져 있었다.

이미 선수들은 휴가를 떠났지만 아직 정리할 게 남은 코치들은 사무실을 떠나지 못한 상황. 원지석 역시 그중 하나였고.

'그래도 내일이면 끝낼 수 있겠네.'

책상 위에 올려진 가족사진을 물끄러미 보던 원지석이 피식 웃을 때였다.

똑똑.

갑자기 들려온 노크 소리에 그가 눈을 끔뻑 떴다.

"다니?"

"있었군요."

문을 열고 들어온 사람은 다니 파레호였다.

발렌시아의 레전드이자 주장.

그런 그가 굳은 표정으로 자리에 앉았다.

원지석은 이런 얼굴을 알고 있다. 무언가를 각오했다는 얼굴.

"이제는 새로운 도전을 하고 싶어요."

'역시나.'

잠시 뜸을 들이던 파레호가 입을 열자 원지석이 눈을 감았다.

만 35세.

선수로서 황혼을 준비할 나이.

"솔직히 인정하기 싫지만, 이제는 알아요. 이 팀에 더 이상 내가 할 수 있는 게 없다는 걸."

파레호가 쓸쓸한 얼굴로 중얼거렸다.

그는 벤치에서 많은 것을 느꼈다. 만약 지금 당장 팀을 떠나더라도, 전력의 누수는 있겠지만 그리 심각할 정도는 아니겠지.

거기다 노후를 위해서라도 고액의 연봉을 제시할 미국이나 중국으로 떠나는 것도 하나의 방법일 테니까.

"이번 시즌부터는 챔피언스리그를 병행하니까 더 많이 뛸 수 있을 거예요. 그리고 다니의 경험은 팀에 많은 도움이 될 거고요."

"윈, 하지만."

"이번 이적 시장이 시작되기 전까지만 고민해 봐요. 그때까지 마음이 바뀌지 않는다면, 정말 보내줄게요."

원지석은 그에게 생각할 시간을 주었다.

어차피 다음 시즌까지는 많은 시간이 남았다. 그때까지라면 충분한 준비가 가능할 터.

결국 파레호는 고개를 끄덕이며 돌아갔다.

베테랑의 풍부한 경험이 필요하다는 건 거짓말이 아니었기에, 가능하면 그가 남아주길 바랐다.

"하아."

휴가를 잘 보내라는 말과 함께 문이 닫히고.

혼자 남은 원지석이 한숨을 쉬며 소파에 몸을 뉘였다.

*　　　　　*　　　　　*

「[ABC] 발렌시아의 주장을 노리는 중국 구단들!」

「[엘 파이스] 라이프치히의 베르나르두를 노리는 원지석?」

많은 선수들의 이적 루머가 사람들의 입에 오르내릴 동안.

원지석은 런던에 돌아왔다.

겨울 휴가 이후에도 몇 번씩은 얼굴을 보았지만, 그래도 한 달 가까이 머무르는 건 여름휴가가 유일했기에 원지식은 가족들과의 시간을 즐겼다.

어딘가로 여행을 떠나거나, 놀이공원을 가기도 했고, 집에서 한가로이 시간을 보내기도 했다.

그러면서도 달력을 확인한 원지석은 슬슬 시간이 되었다는 걸 깨달았다.

"아빠! 뭐 해?"

엘리가 캐리어에 짐을 싸는 원지석을 보며 눈을 동그랗게 떴다.

손을 멈춘 그는 아이를 무릎 위에 올리고선 답했다.

"잠깐 어디를 다녀오려고."

"어디?"

"음, 고향?"

원지석은 이번 휴가를 통해 한국을 다녀올 생각이었다. 하지만 궁금증을 해결하진 못했는지 엘리는 여전히 눈을 멀뚱히 뜨며 물었다.

"고향? 고향이 뭐야?"

"으음, 아빠가 태어나고 자란 곳?"

"집? 그럼 여기 아니야?"

고개를 갸우뚱거리는 딸아이를 보며 피식 웃은 원지석이 머리를 쓰다듬어 주었다.

궁금한 게 많을 나이였고, 이것저것을 알려줄 나이였지만 그의 어린 시절은 딸아이가 듣기엔 좋지 못할 내용이다.

"맞아. 여기도 집이지."

부드러운 금발이 손끝에서 찰랑거렸다. 점차 성장하면 달라질지도 모르지만, 혼혈인 엘리는 언뜻 봐선 그런 점을 느끼지 못할 정도였다.

"무슨 이야기를 하고 있어요?"

"아, 짐 정리를 좀."

얼굴만 불쑥 내민 캐서린이 둘의 모습을 보았다.

엄마에게 다가온 엘리가 상황을 설명하자, 묘한 미소를 지은 그녀가 무언가를 꺼내 왔다. 바로 엘리의 가방이었다.

"괜찮겠어요?"

"네! 생각보다 잘 풀려서 빨리 끝났거든요. 거기다 이번에도 혼자 보내기엔 좀 그렇고."

캐서린의 말처럼.

지난여름에는 상황이 여의치 않아 남편 혼자서 한국에 다녀왔는데, 이번엔 생각보다 일을 빨리 마무리 지었기에 시간적인 여유가 생겼다.

가방을 딸아이에게 내민 그녀가 웃으며 말했다.

"엘리, 그럼 우리도 갈까?"

"응! 그런데 어딜?"

"할아버지한테?"

이렇게 해서.

엘리의 첫 한국 방문이 결정되었다.

*   *   *

싱글벙글 웃으며 짐을 싼 엘리가 가방을 멨다. 귀여운 캐릭터가 그려진 백팩이었다. 캐서린이야 해외에 갈 일이 많기에 전용 캐리어가 미리 준비되어 있었고.

"출발!"

기세 좋게 소리친 엘리가 발걸음을 뗐다.

간만에 탄 비행기에 눈을 빛내던 딸아이는, 얼마 못 가 잠에 빠졌고.

"아직도?"

눈을 비비며 다시 일어났을 때엔 잠에 잠긴 목소리로 물었다. 창밖의 하늘도 처음이나 신기했지, 계속해서 그것만 나오니 지겨워진 모양이었다.

"조금 더 잘래?"

"응."

다시 담요를 눌러쓰고 얼마 지나지 않아 새근새근 숨소리가 들렸다.

그런 엘리의 머리를 부드럽게 쓰다듬어 주던 원지석은 팔이 부드러운 무언가에 닿는 걸 느꼈다.

"깼어요?"

"흐음, 어떨까요."

팔을 휘감은 캐서린이 배시시 웃었다.

역시나 잠이 덜 깬 거였는지, 어깨에 머리를 기댄 그녀는 얼마 지나지 않아 새근새근거리는 숨소리를 냈다.

양쪽에서 들려오는 규칙적인 숨소리에 원지석도 눈을 감았다.

"와아아!"

마침내 한국에 도착한 엘리는 눈을 동그랗게 뜨며 주변을 둘러보았다.

지금까지 여러 나라를 가봤지만, 한국은 유럽이나 미국과는 달리 그 분위기가 새로웠으니 말이다.

"누구야?"

"원지석 감독 아냐?"

아직 이른 시간임에도 적지 않은 사람들이 있었는데, 그중에는 원지석 부부를 알아보는 사람도 있었다.

쓴웃음을 지은 원지석이 그들에게 사인을 해줄 때.

엘리는 이곳저곳을 구경하며 눈을 빛냈다.

팬들에게 사인을 해준 원지석은 항상 가던 호텔에 짐을 풀었다.

택시를 타고 꽤나 먼 거리를 이동했지만, 아까와는 달리 엘리는 창밖을 바라보며 새로운 나라를 구경하느라 여념이 없었다.

"우선 좀 쉴까요?"

가족은 간단한 휴식과 함께 이른 점심을 먹었다.

식당은 호텔 근처에 위치한 곳이었는데, 예전에 캐서린이 호평을 했던 곳이기도 했다.

"여긴 다시 와도 맛있네요."

"응!"

"엘리는 이곳이 처음이지만."

그러거나 말거나 엘리는 입안 가득 음식을 넣으며 행복하다는 듯 미소를 지었다.

다행이도 입맛에 맞는 모양이었다. 어쩌면 원지석이 비슷한 요리를 종종 해주었기에 익숙한 걸지도 몰랐고.

이후 주변을 구경하면서도 엘리는 즐겁게 웃었다.

새롭기도 하지만 부모님과 이렇게 함께하는 시간이 꽤나 즐거웠기 때문이다.

그러다가 다시 한번 택시를 타자, 아이는 이번엔 어디로 가는지 두근두근한 마음으로 창밖을 보았다.

하지만 기대와는 달리 점점 도시에서 멀어지는 모습에 엘리는 고개를 갸웃거렸다.

「수목장」

마침내 도착한 건조한 분위기의 건물을, 아이는 이해하지 못했다.

"여기는 뭐 하는 곳이야?"

"음, 집을 떠나기 전에 말했었지?"

할아버지를 만난다고.

그 말을 떠올린 엘리가 이상하다는 듯 되물었다.

"할아버지는 런던에 있잖아?"

"여기에도 계셔."

"으으응?"

원지석이 쓴웃음을 지으며 엘리의 손을 잡았고.

셋은 수목장 안을 걸었다.

나무가 있고, 그곳에 꽃을 두는 사람이 있었으며, 누군가는 눈물을 흘렸다.

그런 사람들을 멍하니 보던 엘리는 마침내 도착한 소나무 앞에서 걸음을 멈췄다.

"이 나무가 할아버지야?"

"응, 여기에 잠드신 거지."

그가 딸아이의 머리를 쓰다듬었다.

엘리를 이 수목장에 데려온 적은 처음이었다.

조금 더 시간이 지나면 데려오려 했지만, 기회가 왔기에 일찍 인사를 하게 되었다.

"안녕, 하세요?"

그때 딸아이가 한 말에 원지석이 눈을 크게 떴다.

어설프지만 분명한 한국어였기 때문이다.

더군다나 이런 상황에 나올 줄은 예상하지 못했고.

아이는 자기가 한 말이 맞는지 슬쩍 캐서린을 바라보며 눈치를 살폈다.

잘했다는 듯 엘리의 손을 잡은 그녀가 원지석에게 눈을 찡긋거리며 입을 열었다.

"최근부터 배우고 있었거든요."

원지석이 감동한 얼굴로 대답을 하려 할 때, 갑자스러운 바람이 소나무를 흔들었다.

마치 환영한다는 인사처럼.

*　　　　*　　　　*

「[스포츠 코리아] 가족과 한국을 찾은 원지석!」

한편 원지석의 갑작스러운 방한은 기사로도 전해졌다. 지금까지는 사람이 많은 곳을 찾지 않았지만, 엘리와 관광을 할 겸여러 곳을 돌아다녔기에 주목을 끈 것이다.

엘리로서는 한국이 퍽 마음에 든 모양이었다.

특히 아침 일찍 준비를 할 때엔 잠투정을 부렸지만, 이윽고 도착한 놀이공원에선 잔뜩 흥분한 얼굴로 부모님의 손을 이끌었을 정도였다.

"또 오고 싶어!"

머리에는 뿔이 달린 머리띠를, 한 손에는 풍선을 쥔 엘리가 방긋 웃으며 말했다.

그렇게 나름의 휴식을 즐긴 가족은 다시 런던으로 갈 준비를 마쳤다.

일찍 자리에 앉은 원지석은 비행기가 출발하기 전에 태블릿을 꺼냈다. 혹여 새로운 소식이 있나 확인을 위해서.

[풀백 영입은 시간이 좀 걸리겠지만, 의외로 다른 쪽에선 꽤 진전이 있었습니다.]

발렌시아의 영입을 담당하는 팀에서 보낸 메일에 원지석이 안경을 고쳐 썼다.

메일을 클릭하고.

그 내용을 확인할수록 그의 얼굴은 점점 밝게 변했다.

'있었네.'

그것도 꽤나 흥미로운 소식이 오지 않았는가. 아마 런던에 도착할 쯤엔 결정이 나지 않을까.

원지석은 마음 편히 눈을 감았다. 돌아갔을 때엔 결과가 나오길 바라며.

그리고 그 소망처럼.

잉글랜드에 돌아갔을 땐.

기쁜 소식이 그를 기다리고 있었다.

「[수페르 데포르테] 발렌시아, 파울로 디발라를 품다!」

판타지 스타가 박쥐 군단을 찾은 것이다.

　　　　　*　　　　　*　　　　　*

　파울로 디발라.

　아르헨티나 출신의 공격수로.

　유벤투스에서 활약할 당시에는 새로운 판타지 스타라는 소리를 들었던 선수이기도 하다.

　약 6,300만 유로.

　한화로는 800억에 이르는 돈.

　디발라를 영입하는 데 쓴 이적료였다.

　매우 큰돈이었지만, 한때 세계 최고의 선수로 성장할 거라 기대를 모으던 선수의 몸값으로는 어울리지 않았다.

　「[BBC] 팬들에게 작별 인사를 남기는 디발라」

　두 시즌 전, 그는 유벤투스를 떠났다.

　당시 계약기간이 얼마 남지 않았던 디발라는 재계약을 하지 않겠다는 뜻을 밝혔고.

　이에 유벤투스는 이적료를 챙기기 위해 그를 잉글랜드로 보냈다.

　계약기간이 2년 정도 남은 선수를 8천만 유로, 한화로는 약 1,000억에 팔았기에 나쁘지 않은 이적이었다.

　'그리고.'

　디발라의 잉글랜드 시절 자료를 보던 원지석이 옆머리를 긁적거렸다.

잉글랜드 생활은 험난했다.

EPL 특유의 빠르고 거친 분위기에 영 적응을 하지 못한 것이다.

어느 정도는 괜찮은 활약을 해줬지만, 그래도 천억짜리 선수에게는 더 큰 기대가 따라오게 마련. 최근 미쳐 버린 이적 시장을 감안하더라도 통용되는 이야기였다.

'계륵.'

좋은 편인데, 그렇다고 최고라 할 수는 없다.

원지석은 그의 잉글랜드 시절을 계륵으로 표현했다.

계속되는 압박감과 선수 본인마저 잉글랜드의 기후나 문화에 신물이 나던 상황에, 발렌시아가 접근한 것은 그때였다.

「[오피셜] 발렌시아, 파울로 디발라 영입」

결국 만 30세에 이르는 공격수인 데다, 영입할 때 투자한 돈 대부분을 회수할 수 있었기에 이적은 빠르게 진행되었다.

팬들은 매우 놀라면서도 디발라의 이적을 반겼다.

―와, 이거 실화냐?

―그래도 나이 서른의 선수를 63m에 사는 건 너무 오버 페이 잖아.

―챔스에서 잘해주기만 한다면 충분한 이적료지. 요즘 이적

시장에서 이 정도의 젊은 선수를 사려면 100m은 넘을걸?

이적료에 대해서는 의견이 엇갈렸지만.

선수의 적응 문제는 그리 어려울 것으로 보이지 않았다.

디발라는 처진 공격수에서 가장 좋은 퍼포먼스를 보여주는데, 지금 발렌시아에서 레반도프스키가 보여주는 역할도 이와 비슷하기 때문이다.

그렇다 해도 과포화된 공격진에는 정리가 필요하다.

FFP 룰을 피하기 위해서라도 적자를 줄여야만 했고, 얼마 지나지 않아 또 하나의 오피셜이 떴다.

「[오피셜] 호드리구, 광저우 헝다로 이적」

지난 시즌 쏠쏠하게 활약을 해준 호드리구가 중국으로 이적한 것이다.

만 33세에 이른 만큼 노후를 준비해야 하는 데다, 경기에 꾸준히 뛰길 원하던 그는 거액을 제시하는 중국으로 마음을 굳혔다.

덕분에 발렌시아 역시 괜찮은 이적료를 챙기며 모두에게 괜찮은 이적이 되었다.

「[마르카] 발렌시아, 이게 끝이 아니다」
「[스포르트] 후벤 네베스를 노리는 원지석?」

발렌시아는 이후에도 영입할 선수들이 더 있다며 팬들을 설레게 만들었다.

가장 강하게 연결되는 선수는 후벤 네베스였다. 중앙미드필더인 그는 파레호가 떠날 경우 영입에 착수할 거라 보였다.

"멘데스가 이를 갈고 있을 텐데, 괜찮을까요?"

원지석의 물음에 케빈이 어깨를 으쓱였다.

공교롭게도 네베스의 대리인은 슈퍼 에이전트라 불리는 멘데스다.

발렌시아에게 손절을 당한 멘데스는 그 계기가 된 원지석에게 좋지 못한 감정을 품고 있을 터.

"에이전트라는 인간들은 기본적으로 돈만 된다면 자기 선수들마저 팔 족속이니까. 수수료만 두둑이 준다면 안 될 것도 없겠지?"

꽤나 시니컬한 답변이었고, 그가 에이전트에 대해 어떤 인식을 가졌는지 알 수 있었다.

'꼭 그런 사람만 있는 건 아니지만.'

원지석은 누군가를 떠올렸다.

항상 검은 옷을 입고 다니는 요사스러운 여자를.

적어도 한채희는 돈에 목적을 둔 사람은 아니었다. 그보다는 좀 더 본질적인 재미를 원했지.

"중요한 건 파레호의 선택인데."

이적 시장이 시작되었지만 파레호는 아직 이렇다 할 답변을 주지 않았다.

잔류를 하겠다는 의지로 받아들여도 될까. 그런 생각을 할 때, 누군가에게서 메시지가 왔다.

"호랑이도 제 말 하면 온다더니."

"파레호야?"

고개를 끄덕인 원지석이 메시지를 확인했다.

내용 자체는 그리 길지 않았다.

한 문장이면 충분했으니까.

[남을게요.]

"뭐, 멘데스를 상대할 일은 없겠네요."

스마트폰 화면을 끈 원지석이 조용히 미소를 지었다.

*   *   *

「[ABC] 네베스에게서 눈을 뗀 발렌시아?」

「[엘 파이스] 잔류 선언을 한 파레호!」

뛰어난 퀄리티의 공격수를 영입하고, 미드필더진에는 안정을 유지했지만.

가장 근본적인 문제였던 수비수 영입은 아직 지지부진한 상황이었다.

그 원인으로는 발렌시아의 사정을 다른 팀들도 뻔히 알고 있는 게 꿈했다. 어차피 급한 건 발렌시아였기 때문에 최대한 이익을 볼 생각이었던 것이다.

"호구 잡히는 건 별로인데. 이러면 다른 팀들까지 등쳐먹으려는 경우가 있거든요."

원지석의 말에.

이적을 담당하는 팀에서 좋은 의견이라는 듯 동의했다.

휴가를 마치고 팀에 복귀한 그들은 프리시즌을 앞두고 자리를 가졌다. 감독인 원지석을 포함한 코치진, 거기에 영업 팀과 스카우트 팀까지 말이다.

"어쩌면 다른 선수로 선회해야 될지도 모르겠네요."

"네. 차선책을 준비해야 됩니다."

상황을 감안해서 어느 정도 더 부르는 건 괜찮지만, 아예 호구를 잡으려는 건 다른 이야기다.

다른 매물이 있다면 그쪽을 노려보는 것도 나쁘지 않을 터.

하지만 그런 이야기에 스카우트 팀에선 고개를 저었다.

"문제는 딱히 좋은 매물이 없어요."

"그 정도예요?"

"네. 괜히 풀백 품귀 현상이라 불리는 게 아니니까요."

부정적인 의견에 원지석이 머리를 긁적였다. 어느 팀이나 풀백이 귀할 때다. 그들이야말로 조건이 맞지 않으면 거절하면 그만이었다.

'어느 팀이 유리한지는 명확해.'

안경을 벗고 콧잔등을 주무르던 그가 상념에 빠졌다. 그냥 조건에 맞춰줘야 할까.

하지만 자칫 안 좋은 선례를 만들면 다른 팀이 배짱을 부릴지도 몰랐다.

스카우트 팀과 영입 팀에서 함께 만든 자료를 검토한 결과, 크게 추리자면 이렇다.

유벤투스의 데 실리오.

도르트문트의 토마스 뫼니에.

모나코의 넬슨 세메두까지.

모두 절정의 폼을 자랑하는 풀백들이지만 문제는 나이였다. 제일 어린 세메두가 만 30세일 정도였으니까.

맨 처음부터 어린 유망주들을 노린 이유도 그런 점에 있었다. 팀을 오랫동안 지킬 수비수를 원한 거지, 잠깐 거칠 선수는 필요하지 않았다.

"그래도 어린 선수를 사기엔 이적료가 네 배에서 다섯 배 이상이라."

"그렇다면 후벤 베주를 전문적인 풀백으로 쓰는 건 어때요?"

스카우트 팀이 꺼낸 의견에 원지석은 부정적인 입장을 취했다.

베주는 본래 포지션이 센터백인 만큼 수비적으로는 좋은 모습을 보이지만, 공격적인 활약을 기대하긴 어려웠다.

"그렇다면 베주를 풀백으로 완전히 정착시키면서, 그때까지는 저 녀석들 중 하나를 쓰는 건?"

에너지 드링크를 홀짝홀짝 마시던 케빈이 입을 열었다. 어차피 지난 시즌까지는 대부분 풀백에서 경기를 뛰던 베주였으니

적응에 그리 긴 시간이 걸리진 않을 거다.

공격적인 모습이야, 훈련을 통해 개선할 수 있었고.

"곧 프리시즌이잖아. 마지막에 영입되어서 시행착오를 겪는 것보단 낫지 않겠어?"

원지석은 가급적 프리시즌이 진행되기 전에 이적 시장을 끝내길 원하는 감독이었다. 신입생들의 발을 맞추기 위해선 프리시즌이 중요했기 때문이다.

딱히 틀린 말은 아니었기에 잠시 고민을 하던 그는 이윽고 고개를 끄덕였다.

가능성이 낮은 영입보다는 차라리 확실한 선택을.

이후엔 막힘없이 진행되었다.

「[수페르 데포르테] 발렌시아, 새로운 풀백 영입에 근접」

점점 가시화되는 이적 소식에 사람들은 기대를 높였다. 이번엔 누구를 영입할까, 그런 기대감이.

—전에 노리던 유망주는 포기했다는데 누구지?

—키미히 아니냐?

—키미히가 어디 개 이름이냐?

—디발라까지 영입했는데 안 될 게 뭐가 있어!

그런 기다림 끝에.

마침내 이적 완료를 알리는 오피셜이 떴다.

「[오피셜] 발렌시아, 토마스 뫼니에를 영입」

만 32세의 풀백.

하지만 그 기량만큼은 여전한 풀백인 뫼니에를 말이다.

물론 선수의 기량을 의심하는 사람은 없지만, 팬들의 반응은 조금 미적지근한 편이었다.

이렇다 할 매물이 없는 지금으로서는 괜찮은 영입이라는 반응과, 리스크가 큰 도박이라는 부정적인 반응이 눈에 띄었다.

어쩌면 디발라의 영입으로 팬들의 기대감이 그만큼 높아졌기에 나온 반응일지도 몰랐다.

"뫼니에는 알베스처럼 서른 중반이 넘어서도 최고의 활약을 보여줄 겁니다. 장담하죠."

선수 영입을 알리는 기자회견에서.

디발라와 뫼니에를 옆에 둔 원지석이 그렇게 입을 열었다.

한때 세계 최고의 풀백이었던 다니 알베스는 만 37세까지 수준급의 플레이를 보여준 뒤 중국으로 떠났다.

지금은 고향인 브라질에서 아직까지 현역으로 뛰는 중이니, 축구선수로서는 엄청난 장수였다.

물론 그 말에 옆에 있던 뫼니에는 쓴웃음을 지으며 입가를 가렸다.

예전에 PSG 소속이었던 그는, 그 알베스에게 주전 자리를 밀리며 팀을 떠나야 했으니까.

"음, 있었어?"

너스레를 떠는 원지석을 보며 기자들이 웃음을 터뜨렸다.

작은 귓속말로 그 멘탈은 닮지 말라는 속삭임엔 뫼니에마저 웃음을 참지 못했고.

"무슨 이야기를 하셨나요?"

"글쎄요. 나중에 뫼니에가 자서전으로 적지 않을까요?"

기자들의 물음에 묘한 미소를 지은 원지석이 어깨를 으쓱였다. 긴장을 풀어줄 겸 어울리지 않는 농담을 했는데, 잘 먹혀서 다행이었다.

"디발라는 발렌시아의 클럽 레코드를 깨고 영입된 선수입니다. 선수에게 부담이 갈 요소는 아닐까요?"

요즘 이적 시장에 6,300만 유로 정도는 우습지 않게 나오지만, 발렌시아에겐 역사상 가장 비싼 금액이었다.

더군다나 EPL에서도 비싼 이적료에 압박을 받았던 걸 생각하면, 부정적인 영향을 끼칠 가능성도 염두에 둬야 한다.

"저는 선수를 믿습니다. 아니, 믿음이 가지 않는 선수는 영입하지 않죠."

원지석 역시 팬들의 반응을 알았다.

긍정적인 반응도, 부정적인 반응도 요즘은 직접적으로 전해지니까.

"이 선수들에 대해 누에보 메스타야가 아닌 실버타운이 더 어울릴 거라는 반응이 있지만, 아니요. 모두 별들의 무대를 누

빌 자격이 충분해요."

"꽤나 자신만만하신데, 그렇다면 이번 시즌의 발렌시아는 어디까지 노리시나요? 역시 챔피언스리그?"

누군가의 질문에.

피식 웃은 원지석이 답했다.

"우승."

「[마르카] 원지석의 선전포고!」

「[스포르트] 시즌을 앞두고 준비에 박차를 가하는 발렌시아!」

발렌시아의 프리시즌은 새로운 변화보다는 신입생들의 적응에 초점을 맞췄다.

다만 풍부한 경험을 가진 선수들이라 그런지 적응에 그리 많은 시간이 소요되진 않았다.

디발라야 자신에게 맞춰진 롤을 부여받았고.

호흡이 중요한 수비 라인에선 뫼니에 역시 순조롭게 발을 맞추었다.

「[수페르 데포르테] 발렌시아, 도르트문트를 대파!」

프리시즌 도중에 있었던 빅 매치에선 시원스러운 경기력을 선보이며 다가올 시즌에 대해 기대감을 높이기도 했다.

징글징글한 신계의 두 팀을 생각하면 우승까지는 바라지도 않지만.

　적어도 우승 레이스에서 끈질기게 버티는 모습을 보고 싶은 팬들이었다.

　"잘하네."

　프리시즌 마지막 경기.

　이제는 좋은 호흡을 보여주는 선수들을 보며 원지석이 흡족한 얼굴로 고개를 끄덕였다.

　「[마르카] 수페르코파 데 에스파냐에서 맞붙는 레알 마드리드와 발렌시아」

　그리고 시즌 개막에 앞서.

　스페인의 커뮤니티 실드라고도 불리는 수페르코파 데 에스파냐가 다가왔다.

　코파 델 레이의 우승 팀과 라리가의 우승 팀이 맞붙는 이 대회는, 라리가의 시작을 알리는 대회였다.

　―고오오올! 이른 시간에 골을 터뜨리는 파울로 디발라!

　―라리가에서 저 검투사 셀레브레이션을 볼 날도 얼마 남지 않았군요!

　환상적인 왼발 프리킥을 넣은 디발라가 특유의 셀레브레이션을 보여주었다.

결국 경기는 3 : 2까지 이어지는 난타전으로 이어졌으며.
마지막까지 리드를 잃지 않은 발렌시아의 승리로 끝났다.

「[마르카] 디발라의 골! 레알을 무너뜨리다!」
「[스포르트] 다시 한번 오르텐시오를 꺾는 데 성공한 원지석!」

기사에는 트로피를 들고 환하게 미소를 짓는 원지석의 모습
이 실렸다.
한편 이러한 연패에 자극을 받은 것일까.
마침내 레알 마드리드는 기자들에게 폭탄을 떨구었다.

「[오피셜] 레알 마드리드, 네이마르를 영입!」

만 32세.
그러나 그 실력만은 여전한 PSG의 왕.
네이마르를 영입한 것이다.
그것도 자유계약으로.

50 ROUND
별들의 무대

네이마르의 이적은 그가 바르셀로나를 떠나 PSG로 이적할 때만큼은 아니지만.

이번 여름에선 가장 많은 파장을 일으킨 사건이었다.

무엇보다 그 이적료가 주목을 받았다.

0유로.

슬슬 하락세에 접어들지만, 그래도 아직까지는 세계 최고의 공격수 중 하나를 영입하는 데 들어간 돈.

"기쁩니다. 산티아고 베르나베우에서 뛰는 건 모든 선수들의 꿈이죠."

립 서비스인지, 혹은 옛 친정 팀에 대한 도발인지.

언론과의 인터뷰에서 바르셀로나를 자극할 말을 꺼낸 네이마르가 이를 드러내며 웃었다.

「[BBC] 파리에서 맨체스터, 그리고 마드리드까지 있었던 일은?」

언론들은 지금까지의 타임라인을 되짚어보기로 했다. 이적 자체만 보면 데드라인까지 여유가 있었기에 급박한 상황은 아니었지만, 문제는 지금까지 언급된 팀들이었다.

우선 네이마르의 계약기간이 끝났다.

PSG는 팀의 레전드가 된 그를 계속해서 잡아두고 싶었지만, 선수 본인이 새로운 도전을 원하며 떠날 것을 천명했기에 잡지 못했다.

"전에 재계약 한 번 했다가 코가 제대로 꿰였으니까."

기사를 읽던 케빈이 입꼬리를 늘리고선 중얼거렸다.

몇 년 전.

네이마르가 재계약을 했을 때의 일이었다.

당시 3년 계약에 합의했음에도 불구하고, 무슨 생각인지 바로 다음 시즌에 파리를 떠나겠다 밝히자 팀은 발칵 뒤집혔다.

'떠나고 싶다면 자유계약으로 나가라.'

화가 난 보드진은 거액의 제의를 모두 뿌리치며 으름장을 놓았다.

그들은 빅이어가 없는 거지 돈이 부족한 게 아니었으니까.

어찌 되었든 그 말처럼 네이마르는 모든 계약기간을 채운 뒤 이적 매물로 나왔다.

"많기도 하지."

이번엔 원지석이 혀를 내둘렀다.

많은 팀들이 그를 원했다.

맨유와 맨 시티를 비롯한 잉글랜드 구단들이나.

예전부터 꾸준히 관심을 드러낸 레알 마드리드 역시 기사에서 언급된 클럽 중 하나였다.

심지어 중국 구단들은 백지수표를 제시하기까지 했으니 그 인기를 짐작할 만했다.

"이때부터죠? 어장마르 전설이."

"뭐, 정확히는 조금 더 뒤의 일이지만."

이야기 자체는 그들도 뻔히 아는 흐름이다.

혹여 무언가 놓친 게 있나 싶어 잉글랜드 쪽의 기사를 확인하는 중이었고.

'이쪽은 좀 더 비판적이네.'

기사를 훑어보던 원지석이 안경을 고쳐 썼다.

다시 시간을 되돌려서.

네이마르의 오피셜은 쉽사리 뜨지 않았다.

오늘은 런던, 내일은 상하이, 모레는 맨체스터에.

이적 루머만으로 세계 일주를 하며 간을 보니 사람들은 그에게 새로운 별명을 붙였다.

어장마르.

물고기는 구단들이었다.

심지어 PSG와 다시 계약을 할 가능성마저 대두되던 상황.

그럼에도 링크가 가장 진한 팀은 맨체스터 유나이티드였다. 구두계약에 합의를 했다는 정보를 공신력이 높은 매체에서도 다룰 정도였으니까.

「[BBC] 네이마르의 이름이 새겨진 유니폼을 바꾸려는 팬들!」

기사에는 유니폼 스토어에 몰려든 팬들의 모습이 실렸다.

설레발인지, 아니면 그만큼 확정적이었는지.

구두계약 소식과 함께 유니폼 스토어에선 네이마르의 이름이 새겨진 유니폼을 팔 정도였으나.

맨체스터행은 갑작스레 깨지게 된다.

「[BBC] 바뀐 EPL의 이적 시장, 독이 되는 걸까?」
「[스카이스포츠] 슈퍼스타를 놓친 프리미어리그!」

이 부근에선 원지석이 눈을 빛냈다.

가장 궁금해하던 부분이 드디어 나왔으니까.

프리미어리그는 몇 시즌 전부터 이적 시장 규정이 바뀌었는데, 바로 시즌이 시작하기 전에 데드라인을 마감하는 거였다.

이는 시즌이 시작했음에도 갑자기 팀을 나가려는 선수가 생기며 빚어지는 혼선을 막기 위한 규정이었다.

예를 들면 리버풀 시절의 쿠티뉴라든지.

그 대신 조금 더 빨리 이적 시장을 열게 해주었다.

"잉글랜드 쪽에선 그래도 여론이 나쁘진 않은데?"

"뭐, 그만큼 장단점이 뚜렷하니까요."

"라리가는 바뀔 거 같으면서도 아직 그대로고. 어떻게 될지 모르겠네."

시즌이 시작하기 전에 스쿼드를 완성해야 되니 팀의 결속력을 높이는 데에는 도움이 되었다.

확실히 그런 효과는 나쁘지 않았기에 이탈리아 리그가 뒤이어 시행했고.

최근에는 다른 리그들도 논의 중이지만, 아직 논의 수준에서 그쳤다.

감독인 원지석 입장에선, 더욱이 프리시즌 전에 선수 이적을 끝내고 싶어 하는 그로서는 단점만 있는 규정은 아니었다.

"딱히 색다른 내용은 없네."

기사를 끈 케빈이 한숨과 함께 에너지 드링크를 땄다.

어찌 되었든 시간이 많지 않았던 맨유는 네이마르에게 확실한 대답을 요구했지만, 여기서 트러블이 있었는지 돌연 이적이 취소되며 그의 행보는 다시 붕 뜨게 되었다.

그리고 현재.

레알 마드리드가 그런 네이마르를 낚아채며 상황은 종료되었다.

「[마르카] 더욱 격해질 2024/25 시즌!」

「[스포르트] 네이마르가 불을 지필 엘 클라시코!」

시즌 개막이 얼마 남지 않았다.

엘 클라시코니, 네이마르 더비니 하는 건 원지석으로선 상관없는 이야기인 데다.

당장 자신에게 걸어온 신경전이 있기 때문이다.

「[수페르 데포르테] 원지석을 비난한 로날드 쿠만!」

"원이 영입한 선수들을 보십시오. 오래 활약하지 못할 선수들이죠. 그는 클럽의 미래가 아닌 현재만을 보고 있군요. 결과적으로 발렌시아에게 독이 될 겁니다."

개막전 상대인 레알 베티스의 감독으로서 심리적인 압박을 가하기 위한 인터뷰로 보였다.

물론 그런 심리전을 하기엔 상대가 좋지 못했다.

기자회견에서 그에 대한 질문에 원지석은 시큰둥한 얼굴로 입을 열었다.

"흥미로운 이야기네요. 정작 그 말을 하는 당사자는 과거를 돌아볼 필요가 있으니까요."

날이 선 답변이었다.

하지만 발렌시아 팬들에겐 속이 시원해질 말이었다.

한때 박쥐 군단의 지휘봉을 잡았던 쿠만은 구단 역사상 최악의 감독 중 하나였으니까.

팀의 분위기를 위해서라지만 팬들의 사랑을 받던 핵심 선수들을 팔아치우고, 이해할 수 없는 전술과, 끝내는 나락으로 떨어진 순위까지.

아직도 그 시절을 기억하면 치를 떠는 팬들이 많았다.

"당시 노장들을 내쳤을 때의 일이나, 그 결과는 저에게도 꽤 인상 깊었습니다. 누구를 위한 미래인지는 모르겠지만요."

신랄한 말에 기자들이 침을 삼켰다.

리그 개막전부터 꽤나 첨예한 신경전이 나올 줄은 몰랐기 때문이다.

결국은 이번 경기의 승리자가 설전의 최종 승자가 될 터.

─오래 기다리셨습니다! 마침내 시작되는 라리가 개막전! 여기는 레알 베티스의 홈인 베니토 비야마린입니다!

─더군다나 이번 경기에 앞서 쿠만 감독과 원지석 감독의 날카로운 설전이 있었죠?

─네. 전 발렌시아 감독과, 현 발렌시아 감독의 대결이네요.

중계진이 그런 말을 하는 사이.

양 팀의 선수들이 터널을 지나 입장했다.

─아, 세바요스 선수의 모습이 잡히자 관중들이 환호를 보내는군요?

자신을 반겨주는 팬들을 향해 세바요스가 웃으며 손을 흔들었다.

또 다른 친정 팀인 레알 마드리드와 달리 베티스와는 사이가 괜찮은 편이었다.

그가 성장을 한 곳이었으며, 재기의 발판을 마련한 곳도 이곳이었기 때문이다.

베티스로서도 두 번의 두둑한 이적료를 챙겨준 데다, 좋게 헤어진 세바요스를 싫어할 리 없었다.

"혀가 꽤 매섭더군."

"선생님이 선생님인지라."

악수를 나누던 쿠만이 피식 웃음을 터뜨렸다. 그는 원지석의 스승인 무리뉴와 친한 사이였는데, 무리뉴 역시 한때는 날카로운 혀로 이름을 날렸다.

"발렌시아 원정석에 가보는 건 어때요? 더 날카로울 텐데."

"정중히 사양하지."

아마 욕 정도로는 끝나지 않을 테니까.

가벼운 도발을 날린 원지석이 터치라인에 서서 그라운드를 보았다.

쿠만은 단단한 수비를 바탕으로 역습을 펼치는 걸 선호하는 감독이다.

오늘 레알 베티스는 수비적인 4231 전술을 꺼냈으며, 최전방의 원톱은 키가 큰 타깃형 스트라이커였다.

거기다 양 윙어들은 크로스에 능숙한 선수들이었기에 높이로 승부를 보겠다는 느낌이 전해졌다.

—이에 맞서는 원정팀 발렌시아의 라인업입니다.

골키퍼 장갑은 하우메 도메네크가 꼈으며.

포백에는 가야, 토비, 데 리흐트, 뫼니에가 수비 라인을 구축
했고.

중원에는 세바요스, 솔레르의 뒤를 콘도그비아가.

최전방에는 산티 미나, 디발라, 바르보사가 베티스의 골문을
노렸다.

—뫼니에와 디발라는 오늘 라리가 데뷔전을 치릅니다.

—수페르코파 데 에스파냐에서는 레알 마드리드를 상대로 나
쁘지 않은 활약을 했죠? 과연 오늘은 어떤 모습을 보여줄지, 지금
부터 확인할 수 있겠네요.

삐이익!

경기가 시작되었다.

발렌시아는 원정경기임에도 적극적으로 움직이며 레알 베티
스를 압박했다.

—다시 한번 멋들어진 패스를 보여주는 세바요스!

—친정 팀에게 성장한 자신의 모습을 과시하네요!

측면으로 길게 찔러준 세바요스의 패스가 부드럽게 휘었다. 다비드 실바에게 받은 개인 교습의 효과가 없진 않은 모양이었다.

"굿 패스!"

패스를 받은 산티 미나가 터치라인을 따라 뛰었다.

수비수들을 끌고 온 그는 다시 중앙에 있는 디발라에게 공을 넘겼다.

디발라는 기술적으로 매우 뛰어난 선수다. 드리블만이 아니라 경기를 풀어주는 플레이메이커이며, 탈압박에서도 좋은 모습을 보여준다.

그런 그가 공을 잡고 수비 라인을 향해 달리자 베티스의 수비진이 바싹 긴장한 얼굴로 자리를 지켰다.

"따라붙어!"

레알 베티스 수비의 핵심이자 팀의 주장인 바르트라가 외쳤다.

보통 이런 경우는 수비 라인을 바짝 내리며 라인을 견고히 하지만, 디발라에겐 그 반대로 압박을 넣어주는 게 좋았다.

기회만 보이면 바로 슈팅을 날릴 테니까.

바로 지금처럼.

─디발라의 슛!
─살짝 빗나가네요!

압박이 붙기 전에 슈팅을 때려본 디발라가 탄식을 뱉었다. 동시에 레알 베티스의 수비수들은 가슴을 쓸어내렸다. 도움닫기도 없이 때린 슈팅이 매우 강력했기 때문이다.

발목 힘이 굉장히 좋은 디발라는 멀리 떨어진 거리에서도 강한 슈팅을 때리는 선수였다.

즉, 수비 라인을 내리다가는 중거리 슈팅을 얻어맞을 수 있다는 소리.

"너희들이 더 내려와 줬어야지!"

바르트라가 미드필더들에게 버럭 소리를 질렀다. 오늘 경기를 준비하면서 디발라를 맡아야 된다고 누누이 들었건만, 대체 뭘 하고 있었단 말인가.

'그리 쉽게 막진 못할걸.'

날카로운 눈으로 그라운드를 지켜보던 원지석이 디발라를 보았다.

처진 공격수 자리에서 최고의 퍼포먼스를 발휘하는 그는 공격을 이어주는 윤활제였다.

어찌 보면 원지석이 지도하던 시절의 제임스와 비슷했지만, 그 역할의 차이가 있다.

제임스가 페널티박스를 제집처럼 드나든다면, 디발라는 페널티에어리어 밖에서 좀 더 경기를 풀어가는 데 집중했다.

'더군다나 조심해야 될 건 디발라만이 아니야.'

디발라의 스루패스를 받은 산티 미나가 슈팅을 하는 모습이 보였다. 비록 골이 되지 않았지만 감탄이 나올 장면이었다.

다만 베티스의 견고한 수비진은 고찰해 볼 점이다. 확실히 쿠만은 팀의 수비를 구성하는 데엔 일가견을 뽐냈으니까.

"세바요스!"

"네?"

"아까 말한 대로 가자!"

원지석은 그렇게 말하며 세바요스만이 아닌 다른 선수들에게도 무언가를 지시했다.

사전에 들은 게 있는지 발렌시아 선수들 역시 고개를 끄덕였다.

―아! 패스를 받는 뫼니에가 높이 올라갑니다!

변화는 바로 풀백들의 움직임이었다.

팀의 미래를 위한 영입인지.

아니면 잠깐의 땜빵인지를 증명할 차례였다.

*   *   *

뫼니에는 공격과 수비 양면으로 준수한 모습을 보여주는 풀백이다.

나이가 들며 전성기에 비해 기동력이 떨어졌지만, 아직까지는 좋은 활동량을 보였고.

순간순간 경험에서 나오는 센스는 베테랑의 품격이었다.

만약 뫼니에가 더 어렸다면 매우 비싼 이적료가 들었을 거란 평가가 많았다. 물론 라리가에서는 어떤 활약을 보여줄지 이제부터 확인해야겠지만.

─솔레르가 측면에서 뫼니에를 지원하는군요.
─넓게 움직임을 가져가는 솔레르입니다.

발렌시아가 변화를 주었다는 걸 깨달았는지 레알 베티스도 그에 맞서 움직임을 가져갔다.

측면의 윙어들은 더욱 넓게 벌리며 발렌시아의 풀백들을 압박했고, 원톱 공격수 혼자서 수비 라인에 걸친 채 오프사이드 트랩을 뚫으려 했다.

"키 크네. 너 쟤랑 헤딩 경합할 수 있겠어?"

"일단 비벼볼 테니까 뒤처리는 토비가 부탁해요."

"늙어서 그것도 힘들어."

데 리히트의 말에 토비가 엄살을 부렸다.

토비는 187㎝, 데 리흐트는 188㎝이지만.

그들의 주변을 정신 사납게 돌아다니는 저 공격수는 언뜻 봐도 그 이상으로 커 보였다.

아마 196㎝라고 했던가.

"그래도 나는 2m짜리 선수랑 헤딩 경합도 하고 그랬어. 피터 크라우치가 누구인지는 알아?"

"늙은이 같은 소릴."

장난스러운 말에 데 리흐트가 얼굴을 구겼다.

프리시즌에 무슨 일이 있었는지, 아니면 원래 그런 사람이었는지. 토비는 시시껄렁한 농담을 즐기는 아저씨가 되어 돌아왔다.

오죽하면 원지석마저 손으로 눈을 덮었겠는가.

싸해진 분위기에 토비가 어깨를 으쓱였다.

"그러니까 내가 하고 싶은 말은, 축구는 키로 하는 게 아니라는 거지."

그러는 사이 바르보사의 슈팅을 막은 레알 베티스의 역습이 시작되었다.

공을 탈취한 바르트라가 긴 패스를 올렸다. 한 번에 오프사이드트랩을 뚫을 생각인 듯했다.

이미 중원은 발렌시아에게 지배를 당하고 있으니, 중원을 거친 플레이보다는 직접적인 시도가 더 나을 터.

"그쪽 맡아!"

눈빛이 바뀐 둘은 베티스의 스트라이커를 쫓았다. 그가 드리블을 하려던 찰나 데 리흐트가 몸싸움으로 저지했으며, 뒤이어 토비가 공을 뺏었다.

─역습을 허용하지 않는 토비와 데 리흐트!
─다시 중원으로 공을 배급합니다!

주도권은 다시 발렌시아가 쥐게 되었다.

발렌시아는 시종일관 레알 베티스를 가둬두고 공격을 퍼부었고, 이런 모습만 본다면 어떤 팀이 홈팀인지 헷갈릴 정도였다.

"이런 경기를 보려고 시즌권을 끊은 게 아닌데."

"그래도 중위권은 유지하니까, 끙."

레알 베티스의 팬들이 불만 어린 얼굴로 중얼거렸다. 지난 시즌 부임한 쿠만은 그 장단점이 뚜렷한 감독이었다.

안정적인 경기 운영으로 성적을 뽑지만, 대신 그 내용이 재미가 없었다.

팀의 핵심 선수였던 세바요스의 공백을 단단한 수비로 메꾼 점은 좋았지만, 만약 성적이 떨어진다면 불만이 폭주할 것이다.

─양 풀백들이 높이 올라가는군요!
─그럼에도 골문은 쉽게 열리지 않는 상황!

발렌시아는 계속해서 골문을 두들겼지만 골이 터지지 않았다.

왜 쿠만이 그 비판을 받으면서도 꾸준히 기용되는지 알 수 있는 경기 내용이었다.

마침내 변화가 생긴 것은.

전반전이 끝나기 얼마 남지 않은 시간대였다.

─푀니에가 측면을 허물었어요!

—좋은 기회입니다!

상대 팀의 왼쪽 풀백을 돌파한 뫼니에가 달리면서도 페널티 에어리어 쪽을 보았다.

수비수들과 대치 중인 산티 미나가 있었고, 수비 라인을 따라 달리는 바르보사의 뒷모습이 보였다.

"여기! 토마스!"

그리고 좀 더 멀찍이 떨어진 곳에서 손을 흔드는 디발라의 모습도.

계산을 끝낸 뫼니에가 공을 톡 띄우는 크로스를 올렸다.

늦게나마 눈치를 챈 바르트라가 몸을 던졌지만.

슈팅 준비는 이미 끝낸 뒤였다.

쾅!

인사이드로 감아 찬 왼발 슈팅이 부드럽게 휘며 골 망을 출렁이는 데 성공했다.

—디발라의 슈우우웃!
—고오올! 골입니다! 디발라의 환상적인 논스톱 발리슛!

꽤나 먼 거리에서 찼음에도 강하고, 정확한 슛.

자리를 잡은 수비수들이 멍하니 바라볼 수밖에 없는 슈팅이었다.

—라리가 데뷔 경기에서 데뷔골을 터뜨리는 파울로 디발라! 특유의 셀레브레이션을 보여주는군요!

엄지와 검지를 펴 코 밑에 대는 검투사 셀레브레이션이 마침내 라리가에서도 등장한 것이다.

첫 골이 들어가자 이후는 쉬웠다.

적어도 동점골을 만들기 위해 레알 베티스는 단단하던 수비를 풀었고, 발렌시아는 그 빈 공간을 누볐다.

—세바요스의 강렬한 골! 후반 73분에 터진 발렌시아의 추가골입니다!

—이번에도 뫼니에가 어시스트를 기록했군요! 좋은 패스였어요!

레알 마드리드 때와는 달리 세바요스는 셀레브레이션을 하지 않았다.

베티스를 존중하겠다는 뜻이었다.

그 대신 좋은 패스를 찔러준 뫼니에와 포옹을 하며 기쁨을 나누었다.

"아직 쓸 만하지?"

"이 정도 퍼포먼스만 계속 보여준다면 말이죠."

케빈의 말에 원지석이 어깨를 으쓱였다.

뫼니에를 영입하는 데 들어간 돈은 800만 유로, 한화로는 약

100억이었다.

만 32세의 풀백인 만큼 저렴한 가격에 데려올 수 있었지만 문제는 역시 나이다.

원지석은 냉정한 눈으로 그라운드를 보았다.

이제 겨우 첫 경기인 만큼 벌써부터 좋아하기엔 이르다.

풀백이라는 포지션상, 언제 폼이 확 떨어질지 몰랐으니까.

그는 첼시 시절의 이바노비치를 떠올렸다. 최고의 풀백이라 불리던 그는 갑작스럽게 처참한 추락을 맛보았다.

"서른을 넘은 선수들은 더 빡세게 관리해야겠네요."

"흠, 지금보다 더? 감당할 수 있겠어?"

케빈이 수염을 긁적이며 물었다.

그는 원지석의 의견에 찬성이었지만, 문제는 그걸 받아들이는 선수들이었다.

안 그래도 현재 발렌시아의 선수단 관리는 꽤나 빡빡한 편이었으니까.

어쩌면 선수들에게서 불만이 터질지도 몰랐다.

"물론이죠."

원지석은 확신이 담긴 미소를 지었다.

베테랑들을 영입할 때 가장 먼저 본 것은 그들의 의지였다.

그저 주급을 타먹기 위해 왔는지, 아니면 선수 말년을 불태우기 위해 왔는지는 쉽게 구분할 수 있다.

'더 높은 레벨에서, 더 오래 뛰고 싶은 욕망.'

그런 확신이 있기에 리스크를 감수하고 영입을 한 것이다.

거기다 이번 시즌부터는 챔피언스리그를 병행해야 하기에 관리는 더욱 필요하다.

삐이익!

그러는 사이 주심이 경기 종료를 알리는 휘슬을 불었다.

스코어는 2 : 0.

멋지게 승리를 거둔 발렌시아였다.

"뭐, 오늘 경기는 좋았어요."

고개를 끄덕인 원지석이 발걸음을 돌렸다.

땡감을 씹은 것처럼 떫은 쿠만의 얼굴을 보니, 오늘 발렌시아 팬들은 좋은 꿈을 꾸겠다고 생각하며.

「[마르카] 개막전에서 승리를 거둔 발렌시아!」

「[스포르트] 원지석, 이제 겨우 첫 경기다」

기사 속 사진에는 검투사 셀레브레이션을 하는 디발라의 모습이 실렸다.

잘생기면 뭘 해도 어울린다더니, 서른이 된 지금은 더욱 원숙해진 매력을 뽐냈다.

"데뷔골도 중요하고, 개막전의 승리도 중요하지만 우리에겐 아직 많은 경기가 남았습니다."

감독인 원지석은 선수들의 활약을 칭찬하면서도 분위기가 너무 과열되지 않도록 선을 지켰다.

기세 좋게 나아가다가도 어느 순간 슬럼프에 빠지는 경우가 드물지 않았기 때문이다.

이후에도 몇 번의 라리가 일정이 끝나던 쯤.

마침내 챔피언스리그의 조가 짜여졌다.

딱히 죽음의 조라고 할 곳은 적었고, 대신 사람들의 이목을 끄는 경기가 몇 개 있었다.

「[수페르 데포르테] 울브스를 상대할 발렌시아!」

울브스.

늑대를 뜻하는 애칭으로.

프리미어리그의 울버햄튼 원더러스를 뜻했다.

사실 울버햄튼은 지난 시즌 4위 안착에 실패하며 챔피언스리그 티켓을 따내지 못했다.

그럼에도 그들이 참가할 수 있었던 건 유로파 리그에서의 우승 덕분이었다.

쉬운 상대는 아니지만.

그렇다고 부담이 갈 상대도 아니다.

「[수페르 데포르테] 멘데스를 상대하게 될 원지석!」

호르헤 멘데스.

슈퍼 에이전트라 불리는 남자.

왜 에이전트의 이름이 챔피언스리그에서 언급되는지, 어찌 보면 우스운 상황이라 할 수 있었다.

본래 2부 리그에 있던 울버햄튼은 새로운 구단주의 부임과 함께 팀을 개편했는데, 여기에 구단주와 친분이 있는 멘데스가 꼈다.

마치 발렌시아 때처럼 말이다.

멘데스는 그의 고객들을 당시 2부 리그 팀으로 데려왔으며, 여기에는 많은 기대를 받던 유망주들도 있었다.

「[가디언] 네베스의 이적, 누구를 위한 이적인가?」

특히 빅클럽으로 갈 거라 예상되었던 후벤 네베스의 이적은 충격적일 정도였다.

잘나가는 유망주를 에이전트가 꼬드겼다는 논란이 있었으니까.

이후 울버햄튼은 바로 승격을 하며 프리미어리그에 도전했고, 유럽 대항전을 경쟁하는 팀이 되었다.

여기엔 멘데스의 지분이 매우 컸다.

그로서도 발렌시아에게 손절을 당한 지금은 더욱 애착이 강할 테고.

어쩌면 이번 경기를 통해 복수를 원할지도 모른다.

"멘데스 더비."

기사를 읽던 원지석이 피식 웃음을 터뜨리곤 화면을 껐다.

더비라는 건 그 계기만 있으면 이름이 붙지만, 때로는 우스운 상황이 나오기도 한다.

"서로 웃는 관계는 아니니까."

현대 축구에서 에이전트가 구단이나 감독에게 엿을 먹이는 경우는 매우 흔한 편이었다.

또 다른 슈퍼 에이전트인 라이올라와는 그 관계가 확실히 나빴지만, 그렇다고 해서 멘데스와의 사이가 좋다는 말이 아니다.

라이올라가 심보 더러운 돼지라면, 멘데스는 재수 없는 인간이었다.

둘의 공통점은 감독과 구단을 등쳐먹는 놈들이라는 거고.

"그나저나 쿠만에 이어 멘데스인가."

발렌시아 팬들에겐 기분 좋은 승리가 될 것이다.

화룡점정으로 네빌까지 꺾는다면 좋겠지만, 아쉽게도 그는 감독직에 복귀하지 않았다.

「[마르카] 극적인 승리를 거둔 발렌시아!」

「[스포르트] 시즌 첫 골을 신고한 레반도프스키!」

챔피언스리그는 챔피언스리그고.

우선 라리가가 먼저였다.

원지석은 발렌시아의 상승세를 이끌면서도 틈틈이 챔피언스리그를 준비했다.

—파울로 디발라가 교체로 아웃 되고, 그를 대신해 레반도프 스키가 들어옵니다.

　—원지석 감독이 디발라에 대해선 정말 세심한 신경을 써주는 군요.

　오늘 두 개의 어시스트를 기록한 디발라가 터치라인을 향해 걷자 관중들이 박수를 쳤다.

　마주 박수를 치던 그는 원지석과 하이 파이브를 한 뒤에 벤 치에 앉았다.

　'그래도 고분고분히 따라주니 다행이네.'

　항상 풀타임을 뛰지 못하면 화를 내는 선수도 있으니까.

　감독의 입장으로선 다행인 일이다.

　디발라는 젊었을 때에도 체력이 부족하다는 지적을 받았는 데, 시간이 지난 지금이라고 딱히 달라진 것은 없었기에 원지 석은 꾸준히 관리를 해주었다.

「[BBC] 늑대와 박쥐의 싸움!」

「[스카이스포츠] 다가올 경기를 고대하는 울브스의 팬들」

　울버햄튼의 전성기는 1950년대로, 챔피언스리그 개편 이후 엔 단 한 번도 별들의 무대를 밟아본 적이 없었다.

　그런 만큼 첫 단추를 잘 꿰길 원했고.

　이는 승리를 의미한다.

─아, 멘데스가 경기를 지켜보러 왔군요.

─이러나저러나 자주 모습을 보이는 멘데스입니다.

첫 경기는 울버햄튼의 홈인 몰리뉴 스타디움에서 열린다. 그들은 손님으로 온 발렌시아를 털어먹을 생각으로 가득 찼다.

VIP룸에서는 멘데스가 깍지 낀 손에 턱을 괴며 그라운드를 지켜보았다.

때마침 그 순간.

터널을 빠져나온 원지석이 고개를 들었다.

알고 있는지, 모르고 있었는지는 몰라도 눈이 마주친 느낌에 멘데스가 어깨를 흠칫 떨었다.

씨익 미소를 지은 원지석이 몸을 돌리고선 걸었다.

"질 생각은 없다."

원지석이 선언했다.

재수 없는 녀석에게 한 방 먹여줄 시간이었다.

*   *   *

─양 팀의 라인업입니다.

─먼저 홈팀인 울버햄튼부터 보시죠. 누누 감독은 오늘 쓰리백이 아닌 4231 포메이션을 꺼냈군요.

골키퍼 장갑은 잭 버틀랜드가 꼈으며.

수비 라인에는 루크 쇼, 로호, 망갈라, 칸셀루가 골문 앞을 지켰다.

중원에는 네베스와 코너 코디가 척추를 구성했고.

그 위로 라파 미르, 베르나르두 실바, 야신 브라히미가 최전 방공격수를 보조했으며.

마지막으로 디에구 조타가 그 방점을 찍었다.

―이번 시즌에도 건재한 포르투갈 커넥션입니다.

―포르투갈 국적이거나, 혹은 포르투갈 리그에서 뛰었던 선수들로 팀의 중심을 짰죠?

멘데스 커넥션.

혹은 포르투갈 커넥션이라 불리는 울버햄튼의 이적 정책의 가장 근본적인 이유는 멘데스의 국적이 포르투갈이기 때문이다.

그는 자국 선수들, 혹은 자국 리그의 선수들을 주요 고객으로 삼았으며 이들을 잉글랜드로 데려왔다.

물론 EPL의 까다로운 홈 그로운 정책을 만족시키기 위해 잉글랜드 선수들도 영입했지만, 팀의 근본적인 중심을 포르투갈 쪽이 잡고 있다는 건 부정할 수 없다.

심지어 감독인 누누마저 포르투갈 국적이었으니 말이다. 그것도 멘데스 인생의 첫 고객이었고.

—어느덧 울버햄튼에서 보낸 시간이 꽤 길어진 누누 감독입니다.

—팀이 2부 리그에 있을 때부터 지금까지 맡았으니까요. 그러고 보니 누누 감독 역시 발렌시아의 지휘봉을 잡은 적이 있었군요?

누누 감독은 2014/15 시즌에 발렌시아를 챔피언스리그에 복귀시켰지만.

그다음 시즌에는 매우 부진한 성적 끝에 경질되었다.

당시만 하더라도 누누의 경질 소식을 반겼던 팬들은, 그 뒤에 네빌이라는 감독이 어떤 모습을 보여줄지는 상상하기 어려웠을 것이다.

—이어지는 발렌시아의 라인업입니다.

—433 포메이션이군요.

골키퍼 장갑은 하우메 도메네크가 꼈으며.

포백에는 가야, 토비, 데 리흐트, 뫼니에가 수비 라인을 구축했고.

중원에는 세바요스, 콘도그비아, 솔레르가.

최전방에는 산티 미나, 디발라, 바르보사가 울버햄튼의 골문을 노렸다.

—중앙의 디발라 선수 같은 경우는 좀 더 뒤쪽에 머무르며, 마치 투톱 같은 모습이 나올 때가 많습니다.

—그럼에도 적지 않은 골을 기록했네요.

중계 카메라가 디발라의 모습을 잡았다.

터치라인에서 감독인 원지석과 대화를 나누고 있었는데, 워낙 준수한 외모이다 보니 그림이 되었다.

세계적인 유명세와 적응기 없는 활약, 거기다 준수한 외모는 꽤나 많은 팬들을 유입시켰다.

"야, 저기 네 팬 있다."

"어디요?"

원지석의 손가락을 따라 디발라가 고개를 돌렸다.

그 손끝을 따라가니, 오늘 골을 넣지 못하더라도 당신은 정말 좋은 선수라는 걸개가 보였다.

"저 사람들을 울리는 못된 새끼가 되어보자고."

원지석의 말에 녀석이 쓰게 웃었다.

곧 모든 선수들이 그라운드에서 자리를 잡았고.

삐이익!

경기 시작을 알리는 휘슬이 울렸다.

울버햄튼의 누누 감독은 큰 경기에선 안정적인 쓰리백을 꺼낼 때가 많았다.

그런 감독이 오늘은 조금 더 공격적인 전술을 사용했다는 건, 정면 돌파를 의미했다.

―측면을 달리는 브라히미!

한때 포르투의 윙어였던 그는 에이전트인 멘데스의 권유에 따라 울버햄튼으로 둥지를 옮겼다.

EPL에서도 특유의 폭발적인 드리블은 여전했고, 울브스의 날개가 되어 팀을 이끌었다.

"콘도그비아! 시발, 안 달리고 뭐 해!"

솔레르를 제친 브라히미를 보며 원지석이 소리를 질렀다. 그제야 흠칫 어깨를 떤 콘도그비아가 적극적인 압박에 들어갔다.

―브라히미의 앞을 커버하는 뫼니에!
―동료가 올 때까지 시간을 끄네요!

달려오는 콘도그비아를 확인한 뫼니에가 베테랑다운 모습을 뽐냈다.

브라히미를 끈질기게 따라다닌 그는 드리블을 할 공간을 내주지 않았고, 콘도그비아가 가까이 왔을 때는 더욱 공간을 좁혔다.

―결국 백패스를 하는군요.
―네베스에게 가는 패스.

공을 받은 것은 이번 여름 동안 발렌시아와 연결되었던 후벤 네베스였다.

이제 팬들은 울버햄튼의 중원에 그가 없는 모습을 상상할 수 없었다.

그렇기에 파레호의 재계약에 누구보다 기뻐한 건 울브스의 팬들이었다. 덕분에 그들이 사랑하는 선수가 남게 되었으니 말이다.

중원을 조율하던 네베스가 베르나르두 실바와 원투 패스를 주고받으며 천천히 올라갔다.

─세바요스와 솔레르가 거친 압박에 들어갑니다!
─치열한 싸움이군요!

격전지는 중원이었다.

공을 탈취하면 다시 빼앗고.

패스를 하면 몸을 날려 커버한다.

그야말로 허슬플레이라는 게 뭔지 느껴지는 싸움이었다.

"이 시발, 방금 노렸지. 이 개새끼야."

"뭐래."

당연히 선수들 간의 거친 신경전이 나오기도 했다.

울버햄튼의 미드필더인 코너 코디는 EPL에서도 다혈질로 소문이 난 선수였는데, 발렌시아 선수들과 충돌하며 욕지거릴 내뱉었다.

삐이익!

결국 심판이 휘슬을 불며 그들을 중재할 정도였다.

코너 코디가 씩씩거리며 자리로 돌아갔다. 얼굴이 붉게 물든 게 이대로 끝낼 생각은 없는 모양이었다.

"어째 불안한데."

원지석은 녀석의 살벌한 눈빛을 보며 안경을 고쳐 썼다.

괜한 생각이면 좋겠지만, 코너 코디는 울버햄튼의 카드 수집가였다. 혹여 사고를 치는 건 아닐까 싶었다.

경기가 다시 재개되었다.

후벤 네베스가 조금 처진 위치에서 플레이 메이킹을 한다면.

전방에서 울버햄튼의 경기를 풀어가는 사람은 베르나르두 실바였다.

맨체스터 시티의 선수였던 그는 주전 자리를 잡지 못하자 에이전트인 멘데스의 권유에 따라 울브스의 선수가 되었고, 지금은 꾸준히 경기를 뛰었다.

—드리블을 하는 실바!

—멋진 스킬입니다!

베르나르두 실바는 테크닉이 뛰어난 플레이메이커다. 지금처럼 압박을 벗어나는 장면을 즐겼으며, 때로는 직접적으로 골을 만들었다.

측면으로 빠지던 실바가 중앙을 파고들던 라파 미르에게 스루패스를 찔렀다.

그 순간 뒤따라오던 가야의 눈이 빛났다.

동시에 라파 미르의 다리 사이로 그가 발을 집어넣었다.

—아! 가야의 환상적인 태클!

—공만 빼내는 데 성공하는군요!

중계진이 감탄을 터뜨릴 정도로 깔끔한 태클이었다.

씨익 웃은 가야가 소곤거리듯 말을 남겼다.

"공을 터치할 때의 그 버릇은 여전하구나."

라파 미르는 발렌시아의 유스로, B팀에서 활약을 하다 재계약을 거절하고 울버햄튼으로 떠난 선수다.

훈련에서 그를 상대한 적이 많았던 가야로서는 어찌 보면 익숙한 상대이기도 했고.

녀석이 가야의 팔에 걸린 주장 완장을 멍하니 보았다.

—그러고 보니 오늘 경기는 유난히 발렌시아와 인연이 많은 경기네요.

—감독인 누누부터 시작해서 라파 미르도 그렇고, 오른쪽 풀백인 칸셀루도 발렌시아 선수였으니까요. 아, 망갈라 선수도 임대 경험이 있군요.

그들이 그런 말을 하는 사이 발렌시아의 역습이 시작되었다.

쭉쭉 드리블을 하던 가야가 세바요스에게 공을 넘겼고, 세바요스는 그대로 슈팅을 때려보았다.

—세바요스의 슛! 망갈라가 막아냅니다!

—이야, 저걸 저렇게 점프하네요.

축구 지능 때문에 톱 레벨의 수비수는 되지 못했지만, 망갈라의 피지컬은 EPL에서도 굉장히 좋은 편에 속한다.

지금처럼 단순한 수비에선 누구보다 좋은 모습을 보여주는 게 망갈라였다.

"무슨 미사일처럼 날아가네."

"칸셀루의 빈자리를 노리려 했는데, 망갈라가 생각보다 잘하네요."

케빈은 감탄을 터뜨렸고.

원지석은 생각보다 좋은 퍼포먼스를 보이는 망갈라를 보며 손으로 입가를 가렸다.

"차라리 망갈라를 집중적으로 노려볼까."

과부하를 일으킬 때까지 부담을 주는 건 어떨까.

다행스럽게도 발렌시아엔 지능적인 공격을 할 줄 아는 선수들이 꽤 많다. 그는 세바요스와 함께 디발라를 불러 약간의 변화를 주었다.

"너희들이 망갈라를 요리해야 돼. 할 수 있겠어?"

"저는 문제없어요."

"저도요."

"좋아. 콘도그비아한테 왼쪽 수비를 조금 더 도와달라고 해. 솔레르한테는 오른쪽을 더 커버하라고 하고."

고개를 끄덕인 그들이 그라운드에 돌아가며 변화가 적용되었다.

칸셀루는 공격적으로는 뛰어나지만 수비에선 그보다 못한 모습을 보여주는 풀백이다.

세바요스는 그런 빈 공간을 노렸고, 발렌시아는 공을 빼앗을 때마다 그쪽을 향해 빠르게 연결했다.

—페널티에어리어 외곽을 깊게 파고드는 세바요스! 집요하게 저쪽만을 노리는군요!

—망갈라가 자리를 지키고 있어요!

계속된 집중 공략에 어느 정도 요령이 쌓였는지, 망갈라도 이제는 무턱대고 나서지 않았다.

멀리 나갔던 칸셀루도 복귀 중이었고.

발렌시아에겐 시간적인 여유가 그리 많지 않은 상황.

어찌할지 고민에 빠진 세바요스가 슬쩍 발걸음을 옮겼다.

이대로 한 걸음 진입하려 할 때.

경비견처럼 몸을 움찔거리는 망갈라와, 그 주변에서 눈짓하는 디발라를 보며 그가 이를 드러내며 웃었다.

방법을 찾았다.

─디발라를 향한 패스!
─세바요스가 페널티에어리어를 침입합니다!

공을 넘긴 세바요스가 들어오는 걸 보며 망갈라가 눈알을 굴렸다.

어찌해야 하지.

워낙 위험한 상황이었기에 어느 쪽을 막든 찬스를 내줄 가능성이 컸다.

복잡한 상황에 망갈라는 일단 자신의 감을 따랐다. 슈팅을 준비하는 디발라를 막기로 한 것이다.

"그쪽 막아!"

로호에게 소리친 망갈라가 뒷짐을 지고선 앞을 막았다. 혹여 손에 맞고 페널티킥이 선언될까 싶었으니까.

하지만 디발라는 슈팅을 하지 않고 그대로 공을 흘렸다. 마무리를 짓는 건 그가 아니다.

성큼성큼 달려오는 저 녀석이었지.

─산티 미나아아!
─고오오올! 골문 구석 아래를 향해 그대로 빨려 들어가는 슈팅!

울버햄튼의 골키퍼인 잭 버틀랜드가 손을 뻗었지만 한 박자 늦었다.

굳이 말하지 않더라도 귀신같이 골 냄새를 맡은 산티 미나의 골이었다.

센스 넘치는 어시스트였고.

순간적인 팀워크가 만든 골이었다.

"방금 그거 멋졌어."

"나는?"

디발라와 어깨동무를 하는 산티 미나를 보며 세바요스가 자기 자신을 가리키자 그가 쓴웃음을 지었다.

"너도 멋졌어."

둘이 하이 파이브를 할 동안 원지석은 조용히 주먹을 쥐며 기쁨을 최소화시켰다.

원정경기인 만큼 벌써부터 기쁨을 만끽할 생각은 없었다.

하지만 다행이라 할지.

이후 경기는 예상치 못한 변수가 터졌다.

─옐로카드! 두 번째 옐로카드예요!

─빨간색이 나왔어요! 결국 코너 코디가 레드카드를 받는군요!

흥분을 가라앉히지 못한 코너 코디가 두 개의 옐로카드를 적립하며 경기장을 떠나게 된 것이다.

"으아아! 시발!"

카메라에 코너 코디가 유리문을 박살 내는 모습이 고스란히 찍혔다.

울버햄튼의 중원에서 궂은일을 해주던 선수가 빠졌기에 발렌시아는 한층 더 여유로운 플레이를 가져갔고.

결국 후반에 들어온 레반도프스키가 골 하나를 추가하며 경기를 끝냈다.

─오랜만에 챔피언스리그에 복귀한 발렌시아의 승리입니다!

─과연 이들이 어디까지 올라갈 수 있을지, 그것도 또 하나의 재미가 되겠네요!

마침내 별들의 무대에 복귀한 박쥐 군단이 날개를 편 것이다.

유럽을 덮을 검은 날개가.

51 ROUND
더 소중한 것!

"불쾌하군."

VIP룸에서 경기를 지켜보던 멘데스가 쯧 하고 혀를 찼다.

경기는 울버햄튼의 패배로 끝났다.

어느 정도는 예상했어도, 생각보다 더욱 차이가 났던 경기력이었다.

'바뀌었군.'

멘데스가 기억하던 발렌시아가 아니었다.

끊긴 관계를 복구해야 되는 걸까 고민을 해볼 정도로.

미래가 없어 보이던 암울한 구단에서 꽤나 괜찮은 고객이 되지 않았는가.

발렌시아와 울버햄튼의 비선 실세라 불렸던 그였지만, 사실 조금의 차이가 있다.

피터 림이 이용해 먹기 좋은 호구라면, 울버햄튼 같은 경우는 그가 지분을 가진 사업적인 파트너였으니까.

솔직히 말해 발렌시아에게 손절을 당했을 때만 하더라도 큰 타격은 없었다. 그저 호구가 정신을 차렸구나 싶었지.

오늘까지는 말이다.

'그리고 그 변화를 만든 건.'

검지로 관자놀이를 툭툭 건드리던 멘데스가 저 아래에서 선수들과 포옹을 하는 원지석을 보았다.

원지석.

한국에서 온 새로운 스페셜 원.

사실 그 이름은 예전부터 들었다.

그에겐 진짜 스페셜 원이자, 가장 큰 고객 중 하나인 무리뉴가 여러 번 언급을 했었으니까.

하지만 멘데스는 당시의 원지석에게 별다른 매력을 느끼지 못했다. 나중에 첼시 코치직을 그만뒀다는 소식을 접했을 땐 아예 관심을 꺼버리기도 했고.

프로축구계에서 물러난 사람까지 신경 쓸 정도로 그는 여유롭지 못했기 때문이다.

나중에 복귀했을 때도 마찬가지였다.

처음 만났을 때와 다를 건 없을 거라 생각했으니까.

"하지만 내가 틀렸지."

"네?"

"아니, 혼잣말이야."

곁에 있던 비서가 눈을 끔뻑이며 되묻자 멘데스가 손을 휘저었다.

원지석이 첼시의 유소년 감독, 이어 감독대행으로 선임될 때만 하더라도 그의 반응은 시큰둥한 편이었다.

히딩크가 아닌 새로운 땜빵을 세웠구나 싶었을 뿐.

그리고 두 번의 빅이어를 드는 그를 보고서야 멘데스는 자신의 실수를 인정했다.

돌멩이라고 지나친 게 사실 다이아몬드라는 걸.

그 보석을 이미 검은 마녀가 가져갔다는 사실 또한.

"자네, 한채희라고 기억나나?"

"네. 신비한 사람이었으니까요."

멘데스의 물음에 비서가 고개를 끄덕였다.

신비하다.

비서가 기억하기에 그녀는 그 말이 참 어울리는 사람이었다. 특히 그 요요한 분위기는 잊기가 쉽지 않았고.

만약 능력이 부족했다면 좋지 못한 소리가 나왔겠지만, 한채희는 멘데스 사단에서도 굉장한 능력을 보여주었다.

그래서 더욱 잡아두고 싶은 걸지도 몰랐다.

또 다른 슈퍼 에이전트인 라이올라보다, 그녀가 더 까다로운 경쟁자가 될 거란 걸 알았기 때문이다.

"그 마녀가 가장 빛나는 보석을 가져갔어."

언제 접근했는지.

뒤늦게 원지석에게 접근했을 때는 이미 한채희와의 계약이 끝난 뒤였다.

멘데스의 가장 특별한 고객이었던 무리뉴가 그 특별함을 서서히 잃어갈 때, 원지석은 자신의 재능을 만개하고 있었다.

새로운 스페셜 원이 필요하다.

그건 지금도 변함없는 사실이었고.

금방의 경기를 보며 다시 한번 깨닫게 되었다.

'탐나는 매물이 있다면 뺏어오는 게 축구판의 룰 아니겠나. 안 그래, 한?'

그는 축구계에서 가장 뛰어난 에이전트다. 즉, 축구계에서 사람을 가장 잘 구슬린다는 뜻이었다.

멘데스가 슬쩍 손목을 확인했다.

매우 비싼 시계가 반짝였는데, 아직 시간적인 여유가 있었다.

원지석을 잡을 시간이.

"새로운 스페셜 원을 데리러 가자고."

우선 좋아하는 시계 브랜드부터 알아볼까.

*   *   *

「[마르카] 상승세를 이어가는 발렌시아!」

「[스포르트] 발렌시아, 조별 예선에서 고지를 점하다!」

발렌시아는 이후에도 잉글랜드만이 아니라 굉장히 먼 곳에 있는 아제르바이잔 원정을 다녀왔다.

"여긴 유럽 챔피언스리그가 아니라 아시아 챔피언스리그에 포함되어야 하는 거 아니야?"

케빈의 투덜거림에 무심코 고개를 끄덕일 정도로 먼 원정길이었다.

어찌 됐든 발렌시아는 라리가와 챔피언스리그에서 순조로이 승리를 쌓아갔다.

「[수페르 데포르테] 선수단 관리의 신!」

조별 예선 3차전이자.

홈에서 올림피크 리옹을 무찔렀을 때의 기사였다.

원지석은 탁월한 선수단 관리로 팀의 퍼포먼스를 유지시키고 있다는 찬사를 받았다.

선수단의 평균 나이가 적지 않은 발렌시아의 특성상 체력적인 부침은 어쩔 수 없어 보였는데, 그러한 우려를 불식시키는 관리를 보여준 것이다.

"우리 모두가 팀입니다."

원지석은 모든 선수들에게 자신의 역할이 있다는 걸 강조했다.

챔피언스리그를 병행하며 레반도프스키, 파레호가 본격적으로 얼굴을 비추었고, 다른 선수들 역시 적지 않은 기회를 받으며 컨디션을 유지했다.

특히 후벤 베주 같은 경우는 풀백과 센터백을 번갈아 뛰며 가장 많은 기회를 받았다.

그라운드에서 뛰는 선수도, 벤치에 앉은 선수도 모두가 자신의 역할을 해주어야지만 긴 시즌을 이겨낼 수 있다.

모든 감독들이 알지만 직접 실천하기엔 매우 어려운 일이었다.

「[마르카] 우승 레이스의 분기점 중 하나가 될 경기」
「[스포르트] 큰 경기를 준비하는 시메오네!」

얼마 지나지 않아 AT 마드리드전이 다가온다.

원지석으로선 선수들의 몸 상태에 신경을 써야 할 부분이기도 했다.

—AT 마드리드와 발렌시아의 대결! 전반기 빅 매치 중 하나가 다가왔습니다!

—양 팀 모두 주중에 챔피언스리그 조별 예선을 뛰었기에, 체력적인 요소가 중요할 거 같네요.

발렌시아는 적지 않은 선수를 로테이션하며 선발 라인업을 짰다.

큰 경기를 앞두고 조금 무리수가 아니냐는 반응이 있지만, 결국 중요한 건 승리다.

이긴다면 선수단 관리의 신.

패배한다면 게임과 현실을 구분하지 못하는 감독이 되는 것일 뿐.

　―레반도프스키의 슈우웃!
　―골대를 맞는군요!
　―파레호의 패스도 그렇고, 오늘 발렌시아의 컨디션이 전체적으로 좋습니다!

　다행스럽게도 원지석은 게임과 현실을 구분하지 못하는 멍청이가 아니다.
　지금까지 로테이션을 돌리면서도 좋은 경기력을 유지했으니까.
　경기는 442 포메이션과 442 포메이션의 대결이었고, 홈팀인 발렌시아는 AT 마드리드의 압박에 맞서며 그들의 골문을 노렸다.
　"페란 토레스가 생각보다 잘해주고 있네요."
　"그러게. 요즘엔 훈련장에서 추가 훈련마저 받더라고."
　오늘 오른쪽 윙어로 나선 페란 토레스는 폭넓은 움직임으로 AT 마드리드의 측면을 공략했다.
　이번에도 마찬가지다.
　공을 길게 치고 달리던 그가 안쪽으로 파고들더니, 그대로 슈팅을 때려보았다.

　―골키퍼 오블락의 선방! 팀을 구해냅니다!
　―오블락의 선방도 선방이지만 토레스의 드리블도 꽤나 멋졌

어요!

골문 오른쪽 상단을 노린 슈팅을 손끝으로 쳐낸 것이다.

토레스가 아쉬움에 머리를 부여잡자, 레반도프스키가 잘했다는 듯 어깨를 두드렸다.

이어진 코너킥 상황에선 직접 공을 올리는 대신 지공을 선택했다.

파레호가 멀찍이 떨어져 있던 코클랭에게 패스를 찔렀고, 코클랭은 근처에 있던 디발라를 향해 공을 넘겼다.

"슈팅하기 전에 막아!"

코케가 페널티에어리어 근처에서 슈팅 준비를 하는 디발라를 보며 소리를 질렀다.

워낙 발목 힘이 좋은 선수였기에 가만히 놔뒀다간 위험한 순간이 나올 터. 그 말에 사울 니게스가 나섰다.

―근처에 있던 사울 니게스의 슬라이딩태클!
―공이 아닌 디발라가 넘어지는군요!
―심판이 옐로카드를 꺼냅니다.

하지만 사울 니게스의 태클은 공이 아닌 발을 건드리고 말았다. 만약 뒤에서 걸었다면 다이렉트로 레드카드가 나왔을 장면이었다.

─좋은 위치에서 프리킥 찬스를 얻은 발렌시아!

─아, 그런데 조금 위치가 특이하네요?

키커로 나선 사람은 총 세 명이지만.

두 명은 슈팅을 할 수 없을 정도로 공의 코앞에 있었고, 나머지 한 명은 멀찍이 떨어져 도움닫기를 준비했다.

"훈련받은 대로 하자."

파레호의 말에 다른 선수들이 고개를 끄덕였다. 지금 이 장면은 훈련장에서 꾸준히 연습하던 것 중 하난데, 지금에서야 써먹게 되었다.

삐이익!

심판의 휘슬과 함께.

파레호가 자신의 바로 옆에 있던 레반도프스키에게 공을 밀었다.

레반도프스키는 그 공을 가만히 잡아두었으며.

점차 속력을 높이며 뛰어오던 디발라가 그대로 슈팅을 때렸다.

쾅!

매우 강하게 때려진 슈팅이 골문 구석을 향해 휘었다.

─고오오올! 환상적인 세트피스가 골을 만들어냅니다!

─천하의 오블락도 어쩌지 못한 환상적인 프리킥이었어요!

AT 마드리드의 선수들이 서둘러 몸을 던졌고, 골키퍼인 오블락이 손을 뻗었지만, 결국 손을 맞고서도 골문 안에 빨려 들어가고 말았다.

선제골을 넣은 디발라가 검투사 셀레브레이션을 하자, 관중들도 함성을 지르며 그 동작을 따라 했다.

─누에보 메스타야의 관중들이 검투사 코 밑에 엄지와 검지를 대는군요!
─이렇게 많은 팬들이 따라 하니 정말 장관이네요!

디에고 시메오네가 이를 갈며 머리를 긁적였다.

세트피스 수비에 상당한 공을 들였기에 꽤나 짜증 나는 실점이었다.

그는 선수들에게 더욱 강도 높은 압박을 지시하며 발렌시아의 숨통을 조였다.

─다시 한번 심판이 휘슬을 붑니다.

경기가 치열해질수록 파울이 많이 나왔는데, 우승 경쟁을 위해서라도 반드시 이겨야 할 경기였기에 날카로운 신경전이 펼쳐졌다.

"주둥아리 조심해!"
"뭐, 한번 붙어볼까? 라커 룸으로 따라와."
그건 선수들에게만 통용되는 이야기가 아니었다.

시비가 붙은 양 팀의 수석 코치들이 으르렁거리자 다른 코치들이 달려와 말렸다.

어찌 보면 AT 마드리드와의 대결에선 연례행사처럼 나오는 장면이었기에, 이제는 팬들도 웃으며 그들의 실랑이를 지켜보았다.

"애도 아니고, 뭐 하는 짓이에요."

케빈을 끌고 벤치에 돌려보낸 원지석이 한숨을 쉬었다.

항상 싸우는 거치고는 경기가 끝난 뒤엔 어깨동무를 하는 둘이었다.

경기는 다시 시작되었다.

발렌시아는 AT 마드리드의 강도 높은 압박을 롱패스로 응수했으며, 레반도프스키는 페널티박스 안을 어슬렁거리면서 포스트플레이를 해주었다.

─레반도프스키의 헤딩이 골문을 살짝 벗어나네요!

─한 번에 올려준 파레호의 패스도 좋았어요!

양 팀 모두 최선을 다했고.

삐이익!

더 이상의 득점 없이 경기가 끝났다.

스코어는 1 : 0. 힘든 싸움 끝에 승리를 거둔 발렌시아였다.

"아쉽군."

"고생했어요."

디에고 시메오네와 악수를 나눈 원지석은 그라운드에 들어가 선수들을 한 번씩 안아주었다.

땀에 흠뻑 젖은 녀석들이 기진맥진한 얼굴로 씨익 미소를 지었다.

"아까 프리킥 골 봤죠?"

"멋졌어. 열심히 훈련하더니만 성공했구나."

감독의 칭찬에 디발라가 손을 휘저으며 떨어졌다.

선수들과 함께 팬들에게 인사를 하고.

마지막으로 라커 룸 대화까지 끝마친 원지석이 손목에 걸린 시계를 확인했다.

"후우."

약속 시간이었다.

왜 그가 자신을 보길 원하는지는 모르겠지만.

사무실의 불을 끈 원지석은 약속 장소를 향했다.

홈구장 근처에 있는 카페로, 여러 층을 썼는데, 3층은 예약을 해야만 들어갈 수 있는 고급스러운 곳이었다.

그리고 3층의 한 룸으로 안내를 받은 원지석이 문을 열었다.

"승리를 축하드립니다."

언제부터 기다리고 있었을까.

먼저 자리에 앉아 있던 호르헤 멘데스가 웃으며 입을 열었다.

*　　　　　*　　　　　*

"오랜만이군요."

"오랜만, 인가요."

악수를 나누던 원지석이 예전 일을 떠올렸다.

무리뉴의 첼시 1기 시절, 우승을 축하하기 위한 뒤풀이였을 것이다.

그때도 멘데스는 웃으며 그들에게 손을 내밀었다. 쓸 만한 고객이 있나 확인하기 위해서.

당시만 하더라도 슈퍼 에이전트가 아닌, 포르투갈을 중심으로 세력을 형성하던 야심가였으니까.

'반갑습니다. 당신에 대한 이야기는 조제에게 많이 들었어요. 흥미로운 코치가 있다더니, 정말이군요.'

유소년 코치였던 원지석은 그 미소에서 무언가 이질감을 느꼈다.

어릴 때부터 사람들의 경멸 어린 시선에 익숙했던 그에겐, 말과는 달리 멘데스의 눈에 실망감이 섞였다는 걸 깨달았다.

왜 실망한 건지는 몰라도.

그때의 만남은 지금까지 기억에 남았다.

"앉으시죠."

"아, 네."

고개를 끄덕인 원지석이 멘데스의 앞에 앉았다.

창밖으로는 발렌시아의 야경이 보였고, 저 멀리 누에보 메스타야가 눈에 들어왔다.

'승리를 축하한다고 했나.'

직접 경기를 봤을까, 아니면 중계로 봤을까.

멘데스에게 이를 가는 발렌시아 팬들이 많기에 아마 후자가 아닐까 싶었다.

혹은 경기 결과만 봤다든가.

"제 고객의 경기나, 고객이 될 분의 경기는 챙겨 보는 편입니다. 발렌시아도 그중 하나죠."

무슨 생각을 하고 있는지 알고 있다는 듯 멘데스가 커피 잔을 들며 말했다.

때마침 종업원이 김이 나는 찻잔을 가져왔다.

아직 주문도 하지 않았는데, 더욱 놀라운 건 원지석이 꽤나 좋아하는 차가 나왔다는 거였다.

알아볼 건 모두 알아봤다는 퍼포먼스에 가까웠다.

'고객이 될 분인가.'

의미심장한 말이었다.

찻잔을 들자 좋은 향기가 은은하게 풍겼다. 분명 원지석의 취향에 꼭 맞는 차였다.

다만 어떻게 알아낸 건지는 묻지 않기로 했다. 멘데스가 의도한 대로 흘러갈 거 같았기 때문이다.

잠시간의 티타임 동안 둘은 서로를 말없이 보았다.

"좋은 차네요."

"다행이군요."

멘데스가 웃으며 고개를 끄덕였다.

그 미소에 여유가 넘치는 건, 오늘 이 자리에서 좋은 결과를 얻을 거란 자신감일지도 몰랐다.

세계 최고의 에이전트란 말은 괜히 얻은 게 아니다.

이 자리에 오르기까지 있었던 경험은, 그에게 어떤 상황에서든 흔들리지 않는 평정심을 주었다.

"기억나십니까? 조제가 첼시에서 첫 번째 EPL 우승컵을 들었을 때였죠. 저희의 첫 만남도 그때 있었던 뒤풀이였죠."

멘데스도 그때를 기억하는 모양이었다.

원지석에겐 그리 좋은 첫 인상이 아니었지만.

"그래서."

시시한 잡담은 사양하고 싶었던 그가 단도직입적으로 본론을 꺼내기로 했다.

"무슨 일로 절 보자고 한 겁니까?"

"급하시군요."

"느긋할 사이도 아니니까요, 저희는."

냉정하게 선을 긋는 모습에도 멘데스는 여유를 잃지 않았다. 생각 외로 경멸을 받는 직업 특성상 이 정도에 흔들리면 밥벌이도 하지 못한다.

"하하, 바쁘신 모양이군요. 감독님에게 나쁜 이야기는 아닐 겁니다."

상대가 빠른 걸 원하니 그도 본론을 꺼냈다.

멘데스는 준비했던 자료를 원지석에게 내밀었다. 한 번에 파악하기 쉽고, 알기 쉽게 만든 자료였다.

현재 원지석에 대한 분석과, 향후 그와 손을 잡으면 어디까지 나아갈 수 있을지 예측하며 유혹하는 미끼 말이다.

"하지만 저는 지금 에이전트가 있고, 그녀에게 만족하고 있습니다. 딱히 다른 사람을 선임하고 싶은 생각은 없어요."

한채희를 말하자 멘데스는 순순히 고개를 끄덕였다.

괜히 몰아붙였다간 거부감만 키워줄 뿐이다.

여기선 욕심을 부리지 않고 미래를 보는 게 중요하다.

"현재 감독님의 에이전트가 그녀인 건 알고 있습니다. 하지만 나중에라도 마음이 바뀐다면, 그때 저를 가장 먼저 떠올려 주시면 됩니다."

그는 원지석과의 인연을 꾸준히 키워갈 생각이었다. 필요하다면 무리뉴를 이용해서라도.

친구인 조제에게는 가슴 아픈 일이겠지만, 어쩌겠는가.

비즈니스란 본래 잔혹한 법인 걸.

"이건 선물입니다."

고급스러운 상자를 본 원지석이 눈을 크게 떴다.

비싼 사치품에 대해 잘 모르는 그마저 알 정도로 유명한 시계였다.

단순히 돈의 문제가 아닌, 사고 싶다고 살 수 있는 물건이 아닌 것이다. 수집가들에겐 선택받은 자만이 가진다는 말이 떠도는 그런 시계.

그게 지금 원지석의 눈앞에 있었다.

"…이런 건 됐습니다."

"부담 가질 필요는 없어요. 그저 약간의 호의죠. 특별한 사람에겐 특별한 게 필요하니까요."

멘데스가 웃으며 시계를 밀었다.

이 시계를 준비하는 건 그로서도 힘든 일이었지만, 원지석이란 대어를 낚을 계기가 되어준다면 전혀 아깝지 않았다.

일단 손목에 찬다면.

족쇄처럼 그를 의식하지 않을 수 없을 테니까.

'특별한 사람에겐, 특별한 게 필요한 건가.'

원지석은 그 고급스러운 상자를 보며 볼을 긁적였고.

잠시 침묵이 돌았다.

마침내 상자에 뻗어지는 손을 보며 멘데스가 조용히 미소를 지었다.

'역시 이걸 거부할 사람은 없지.'

비싼 자동차, 다이아몬드처럼.

시계는 꽤나 대중적인 편에 속하는 사치품이다.

그가 알아본 바로는 원지석 역시 다른 것보다 시계에 관심이 있는 편이었고.

하지만 그 시계가 다시 자기 쪽으로 밀어지는 걸 보며.

멘데스는 굳어진 얼굴로 눈을 끔뻑였다.

"역시 됐습니다."

"네?"

혹여 잘못 들었나 싶었는지 그가 멍한 얼굴로 되물었다.

계약엔 실패하더라도.

지금까지 이 선물을 거절한 사람은 없었기 때문이다.

"사치품은 이거면 충분하거든요."

그렇게 말하며 보여준 팔목에는 조잡하게 만들어진 팔찌가 걸려 있었다.

언젠가 딸아이가 만들어준.

원지석에겐 그 무엇보다 소중한 팔찌.

"차 잘 마셨습니다."

먼저 자리에서 일어난 원지석이 계산을 끝낸 뒤 카페를 나섰다.

어둑어둑해진 밤하늘을 보며 걷던 그는 주머니에서 울린 진동에 스마트폰을 꺼냈다.

한채희.

그녀에게서 온 전화였다.

'정말 귀신같네.'

기가 막힌 타이밍이었다.

설마 도청이라도 하고 있는 건 아닐까.

쓴웃음을 지은 그가 전화를 받자, 언제나처럼 요요함이 가득한 말투가 귓가를 간지럽혔다.

─어땠어요, 슈퍼 에이전트를 만난 소감은?

"뭐, 대단한 사람이긴 했어요. 지금까지 만나본 에이전트 중 가장 까다롭더군요."

업무적으로 만난 게 아님에도, 멘데스와의 대화는 꽤나 많은 심력을 소비해야 했다.

혹여 틈을 보인다면 그대로 물어뜯길 것만 같았기 때문이다.

"그래도 재미없는 사람이었어요."

뭐, 결론은 그거였지만.

어깨를 으쓱인 원지석이 시큰둥하게 마무리 지었다.

마치 한채희가 할 법한 말에.

스마트폰 너머 웃음소리가 들려왔다.

＊　　　　　＊　　　　　＊

「[마르카] 우승 레이스에 합류한 발렌시아!」

「[스포르트] 원지석, 우승 가능성은 충분하다」

시즌도 어느덧 중간에 다다른 지금.

우승에 도전하는 팀은 크게 네 팀이 있었다.

레알 마드리드, 바르셀로나, AT 마드리드까지는 기존의 삼
강이었지만.

여기에 발렌시아가 끼어든 것이다.

「[수페르 데포르테] 우려를 불식시키고 상승세를 이끄는 원지석!」

이번 시즌 발렌시아의 가장 큰 걸림돌로는 바로 체력적인 부
담이 꼽혔다.

챔피언스리그를 뛴다는 건, 그만큼 과부하가 걸린다는 뜻이니
까. 원지석은 그런 강행군을 효율적인 로테이션으로 돌파했다.

아직 시즌이 많이 남긴 했지만.

그들은 우승 후보 중 하나로서 공고한 위치를 다진 상황.

"본선 확정이 먼저야."

프랑스 원정을 준비하며 원지석은 선수들이 훈련하는 모습을 지켜보았다.

다음 경기가 까다롭기로 유명한 레알 소시에다드 원정이었기에, 감독으로선 그런 것까지 염두에 둬야 했다.

"노장들이 활약할 시간이군."

파레호는 로테이션으로 나오며 쏠쏠히 활약을 해주었지만, 무엇보다 벤치에서의 존재감이 컸다.

선수들이 존경을 표하고, 팀의 주장으로서 기강이 흐트러지지 않도록 관리한다.

치어리더에 가까운 변화였지만 분명 눈에 띄는 도움이었다.

「[오피셜] 발렌시아, 올림피크 리옹 원정을 떠날 소집 명단 발표」

선발 라인업을 발표한 건 아니지만.

사람들은 이번에도 몇 명의 선수는 로테이션을 돌릴 거라 예측했다.

까다로운 바스크 원정이 기다리는 라리가와 달리 챔피언스 리그에선 어느 정도 여유가 있기 때문이다.

현재 발렌시아는 조별 예선에서 1위를 달렸고, 2위인 울버햄튼과는 승점 차이가 꽤 있었다. 이번 경기에서 비기기만 하더라도 본선행은 사실상 확정에 가깝다.

"리옹은 꽤 거칠게 나오겠지."

원지석은 막힘없이 전술을 짰다.

상황이 상황이다.

올림피크 리옹은 홈팀이라는 이점, 그리고 울버햄튼을 따라 잡기 위해 승리가 필요한 만큼 공격적으로 나올 터였다.

원지석으로서는 이런 점을 이용해야만 했고.

모든 준비를 끝낸 그들은 프랑스행 비행기에 몸을 실었다.

—여기는 별들의 무대인 챔피언스리그입니다!

—과연 올림피크 리옹이 홈에서 반전을 거둘지, 먼저 홈팀의 라인업부터 보시죠.

리옹은 433 포메이션을 꺼냈다.

딱히 슈퍼스타라 할 선수는 없었지만.

공수에서 가장 핵심적인 선수를 꼽으라면 두 명의 선수가 있었다.

왼쪽 측면공격수인 멤피스 데파이와, 오른쪽 풀백인 하파엘 다 실바가.

한때는 네덜란드 호날두로 불렸던 데파이는 EPL에서 처참한 실패를 맛본 뒤 프랑스로 떠났고, 리옹에서 부활하는 데 성공했다.

하파엘 역시 잔부상이 많아 맨유에서 방출되었지만, 프랑스에선 많은 경기를 뛰며 주전으로 자리를 잡았다.

　-이에 맞서는 발렌시아의 라인업입니다.
　-발렌시아 역시 433 포메이션을 꺼냈군요.

골키퍼 장갑은 하우메 도메네크가.
포백에는 가야, 무리요, 데 리흐트, 후벤 베주가.
중원에는 파레호, 코클랭, 솔레르가.
최전방에는 산티 미나, 레반도프스키, 페란 토레스가 서며
리옹의 골문을 노렸다.

　-베테랑 선수들이 정말 잘해주고 있는 발렌시아죠?
　-네. 특히 파레호와 레반도프스키의 호흡은 원지석 감독을
미소 짓게 만들었습니다.

　삐이익!
　경기가 시작되었다.
　원지석의 예상처럼 리옹은 빠른 공격 전개로 발렌시아를 압
박했고.
　발렌시아는 공을 돌리며 차분히 그들을 따돌렸다.

　-넓게 벌려주는 파레호!
　-예술적인 패스네요!

오늘 주장 완장을 찬 파레호는 경기장 이곳저곳에 정확한 패스를 뿌리며 좋은 퍼포먼스를 과시했다.

원투 패스를 주고받으며 리옹의 압박을 벗어나거나, 때로는 공격의 시발점이 되는 패스를 찔렀다.

"좀 더 넓게 퍼져!"

공을 잡은 파레호가 선수들에게 손짓하며 소리쳤다.

그러는 사이에도 두 명의 선수가 압박을 걸자 뒤쪽에 있던 코클랭에게 공을 넘겼고, 다시 패스를 받고선 오른쪽 측면으로 땅볼 패스를 흘렸다.

—페란 토레스에게 가는 패스!

—터치라인을 따라 빠르게 달립니다!

속도로 리옹의 왼쪽 풀백을 따돌린 토레스가 몸을 한 번 접었다. 크로스를 올리기보다는 페널티에어리어를 향해 그대로 돌파할 생각인 듯싶었다.

리옹의 미드필더들이 측면을 커버할 즈음엔 다시 솔레르에게 패스를 보냈고.

솔레르는 원터치 패스로 페널티에어리어 앞으로 공을 연결했다.

—레반도프스키이이!

동시에 자리를 잡고 있던 레반도프스키가 그대로 인사이드 슈팅을 때렸다.

환상적인 궤적을 그린 슈팅은.

골키퍼의 손을 지나 부드럽게 골 망을 흔들었다.

                    *   *   *

─고오올! 물 흐르듯 자연스럽게 연결된 발렌시아의 공격이 골을 만들어냅니다!

─원정경기에서 빠르게 골을 뽑아낸 레반도프스키!

중계진들이 방금 있었던 골 장면의 리플레이를 보며 감탄을 터뜨렸다.

올림피크 리옹에서 수비를 하기 전에 원 샷 원 킬로 쐐기를 박아버린, 클래스가 돋보였던 장면이었다.

골을 넣은 레반도프스키가 카메라를 향해 손바닥 키스를 날리고선 씨익 웃었다.

"하여간 잘생긴 애들이 너무 많아."

케빈이 그 셀레브레이션을 보며 쯧 하고 혀를 찼다.

레반도프스키 역시 미남으로 유명한 선수였으니까. 디발라와 더불어 새로운 팬들을 유입시키는 데 지대한 역할을 하는 선수였다.

"케빈도 팬 많잖아요?"

"걔들은, 후우. 말을 말자."

원지석의 말에 케빈이 한숨을 쉬었다.

이제는 스페인에서도 광인이란 별명이 제법 유명해진 건지, 돌아이 같은 팬들이 훈련장을 찾아올 때가 많았다.

특히 과격하기로 소문난 팬덤에게 아이돌 같은 존재가 된 모양이었다.

"등짝에 케빈의 얼굴을 문신으로 새긴 사람이 나왔을 땐 깜짝 놀랐어요."

"그건 멋있었어."

"사랑한다는 피켓 들고 온 사람은요?"

"그건 좀, 시벌 너넨 뭘 웃어?"

둘의 대화를 들었는지, 옆에 있던 코치들이 키득키득 웃음을 터뜨리자 케빈이 얼굴을 구기며 으르렁거렸다.

그러는 사이 경기는 발렌시아의 높은 점유율 속에서 진행되었다.

"가야에게 줘!"

주장인 파레호의 지시에 고개를 끄덕인 무리요가 왼쪽 측면으로 넓게 패스를 벌렸다.

강한 힘이 실린 공을 어렵지 않게 받아낸 가야가 슬쩍 주위를 둘러보았다.

안쪽으로 들어가라는 파레호의 손짓이 보였다.

―가야가 측면을 파고듭니다.

―파레호가 중앙에서 사령탑 역할을 잘해주고 있네요.

오늘 가야는 주장 완장을 차지 못했지만, 그렇다고 해서 아쉽진 않았다.

그 역시 파레호에게 존경심을 보냈으니까.

순간적인 속력을 폭발시킨 가야는 리옹의 오른쪽 풀백인 하파엘과 맞닥뜨렸다.

'좀 건드려 볼까.'

하파엘은 그 멘탈이 좋지 못한 선수다.

부상을 당할 수도 있을 위험한 태클을 날린 뒤, 억울하단 얼굴로 항의를 하는 모습은 프랑스에서도 변하지 않은 모양이었고.

물론 갑자기 양발 태클이 들어오는 건 사양이었지만.

적당한 심리전으로 멘탈을 자극해 준다면 알아서 무너지지 않을까.

'한 번.'

가야가 안쪽으로 드리블을 할 것처럼 몸을 오른쪽으로 기울였다.

눈을 번뜩인 하파엘이 그쪽으로 발을 뻗으려는 순간, 가야는 다시 한번 공을 바깥 발로 터치하며 그의 가랑이 사이로 밀어냈다.

―재치 있게 하파엘을 따돌리는 가야!

—안쪽이 아닌 측면으로 빠집니다!

그는 놓치지 않겠다는 듯 가야의 유니폼을 잡았다.

하지만 얼마 못 가 거칠게 뿌리쳐졌고, 아랫입술을 깨문 하파엘이 공간 압박을 하기 위해 몸을 움직이려던 때였다.

둘의 눈이 마주쳤다.

"그러니 맨유에서 방출당했지."

비웃음과 함께 던진 조롱에 녀석은 무언가 끊어지는 소리를 들었다.

이성이 끊어지는 소리 말이다.

등을 돌린 가야를 보며 하파엘의 눈이 사납게 빛났다.

"개새끼가."

"뭐야, 미친!"

순간적인 오싹함에 고개를 돌린 게 천만다행이었다.

가야는 자신의 발목을 노리고 들어오는 태클에 기겁하며 발을 뺐다.

설마 가볍게 던진 신경전에 이런 반응이 나올 줄은 그로서도 상상하지 못한 것이다.

하파엘은 상상 이상의 멘탈을 가진 선수였다.

"아아악!"

높은 비명과 함께.

주심의 휘슬 소리가 울렸다.

―아! 하파엘의 거친 태클에 가야가 비명을 지릅니다!

―옐로카드가 꺼내지는군요!

자신에게 꺼내진 옐로카드를 보며 하파엘이 억울하다는 듯
두 손을 모았고.

멀리 있던 벤치에선 한바탕 난리가 났다.

"옐로카드? 뒤에서 들어갔는데 옐로카드라니!"

태클을 보자마자 눈을 크게 뜬 원지석이 주심에게 격한 항
의를 했다.

지금이야 철강 왕 같은 모습을 보여도, 워낙 잔부상이 많았
던 가야였기에 심장이 철렁였던 태클이었다.

"지금 건 아예 발목을 노렸는데 빨간 게 나와야죠."

"아니, 옐로카드가 맞아."

파레호는 좀 더 적극적으로 주심에게 어필을 했다.

보통 팀의 주장이 항의를 할 경우엔 다른 선수들보다 이야기
를 더 들어주는 편이지만.

역시 판정이 번복되진 않았다.

"괜찮아?"

한숨을 쉰 파레호가 가야에게 다가가 물었다.

다행히도 부상을 입진 않았는지 녀석이 고개를 끄덕이며 상
체를 일으켰다.

그는 자신의 찢어진 축구 스타킹을 보았다.

정강이 보호대가 아니었다면 스터드에 찢긴 건 그의 다리였

을 것이다.

"이야, 미친놈일세."

"무슨 말을 했길래 저래?"

"그냥 맨유에서 방출당한 걸 놀렸더니 훅 들어오네요. 눈치 채고 발을 빼서 다행이지."

"그러다 또 잔부상에 시달리면 어쩌려고. 조심 좀 해."

파레호가 내민 손을 잡고 일어난 가야가 머쓱한 얼굴로 머리를 긁적였다.

이후 프리킥 상황에선 파레호의 크로스를 레반도프스키가 헤딩으로 연결했지만 골이 되진 않았고.

하파엘이 공을 멀리 걷어내며 올림피크 리옹의 역습이 시작되었다.

―길게 공을 치고 달리는 데파이!

―측면에서 안쪽으로 드리블을 합니다!

팀의 핵심 공격수인 데파이는 시원시원한 드리블과 강력한 슈팅을 즐겨 쓰는 선수다.

나이가 들며 플레이 스타일이 변한 지금은, 드리블을 하기보단 직접적으로 골을 노리는 사냥꾼에 가까웠다.

―발렌시아 수비들이 빠르게 복귀하네요.

―데파이가 동료를 찾습니다!

일차적으로는 후벤 베주가 데파이의 옆을 따라다녔으며, 그러는 사이 센터백들이 자리를 잡기 위해 뛰었다.

"바로 올려!"

압박을 받지 않던 동료에게 백패스를 한 데파이는 이를 악물며 속력을 올렸다.

곧 로빙 스루패스가 높이 띄워졌고.

슬쩍 고개를 들어 떨어질 위치를 파악한 데파이가 공을 받으려 했지만.

—아! 후벤 베주가 헤딩으로 끊어내는군요!
—올림피크 리옹의 역습을 커버하는 발렌시아!

하지만 끝까지 데파이를 놓치지 않았던 후벤 베주가 먼저 점프를 한 끝에 패스를 끊어냈다.

멀리 벗어난 공은 골키퍼인 하우메 도메네크가 잡으며 발렌시아의 소유가 되었다.

'역시 수비 쪽으로는 베주가 괜찮네.'

원지석은 후벤 베주의 끈질긴 맨마킹에 감탄하면서도 상황을 조율했다.

하우메 도메네크는 감독의 지시에 따라 데 리흐트에게 공을 넘겼고, 이후 발렌시아는 데 리흐트를 통한 빌드 업으로 경기를 풀어갔다.

그렇게 시간이 지나.

레반도프스키가 한 골을 더 추가한 끝에 경기는 2 : 0으로
끝나게 되었다.

—오늘 승리로 본선행을 사실상 확정 지은 발렌시아입니다.

—로테이션으로 나온 선수들이 좋은 활약을 보여주며 자신의
경쟁력을 입증한 경기였어요. 팬들로서는, 그리고 원지석 감독으
로서는 누구를 쓸지 행복한 고민이겠네요.

프랑스에서 돌아온 발렌시아는 바스크 원정을 떠날 준비를
했다.

이번에 그들이 겨루게 될 상대는 레알 소시에다드.

라리가의 의적이라 불리는 팀이었다.

의적.

왜 축구 팀에게 그런 별명이 붙는지는, 그들의 들쭉날쭉한
성적을 보면 알 수 있다.

어느 때는 강팀을 때려잡으면서도, 바로 다음 경기에선 강등
권 팀에게 패배한 적도 있었으니까.

강팀의 승점을 빼앗아 약팀에게 나눠 주는 그 모습이 마치
의적 같았기에, 팬들의 입장에선 씁쓸한 별명이었다.

"의적이고 나발이고."

원지석은 경기를 준비하면서 선수들에게 기회가 있다면 확
실히 끝낼 것을 주지시켰다.

이렇게 해도 축구는 가끔 놀랄 일이 일어나기도 한다.

괜히 축구공은 둥글다는 말이 나오는 게 아니었으니까.

"변수는 적게."

선수들의 훈련을 드론으로 지켜보던 원지석이 고개를 끄덕였다.

「[마르카] 생각보다 잘해주는 레알 소시에다드의 감독대행」

「[스포르트] 프리에토, 발렌시아를 이길 수 있다」

사비 프리에토.

그 이름은 레알 소시에다드에서 참 많은 것을 의미한다.

로컬 보이, 레전드, 그리고 원 클럽 맨.

오죽하면 발렌시아 팬들이 가야에게 프리에토 같은 선수가 되어달라고 부탁하겠는가.

그런 그가 친정 팀의 지휘봉을 잡은 건 그리 길지 않았다.

전임 감독이 부진을 끊지 못하고 다섯 경기 동안 승리가 없자, 결국 유소년 감독으로 일을 하던 프리에토에게 기회를 준 것이다.

팀을 수습하는 데 성공하며 이제는 정식계약의 가능성도 대두되고 있는 상황.

발렌시아전은 그런 계약에 영향을 끼칠 경기가 될 터였다.

—여기는 레알 소시에다드의 홈인 에스타디오 아노에타입니다!

—과연 이번 경기가 발렌시아의 우승 레이스에 어떤 영향을 끼칠지, 레알 소시에다드는 이번에도 강팀의 승점을 빼앗을지! 기대가 되는군요!

여러 번의 개축을 거친 에스타디오 아노에타는 이제 43,000명을 수용 가능한 경기장이 되었다.

자리를 가득 채운 팬들의 응원 속에서.

두 감독이 악수를 나누었다.

"오드리오솔라를 데려오고 싶었는데, 지난 시즌에 너무 잘해 줬어요."

"하하."

프리에토의 말에 원지석이 쓴웃음을 지었다.

본래 레알 소시에다드의 선수였던 오드리오솔라는 프리에토가 겨울 이적 시장을 통해 보강하려던 선수였다.

하지만 지난 시즌 발렌시아 임대를 통해 자신감을 회복한 오드리오솔라는, 이젠 잉글랜드에서도 적응한 모습을 보여주며 판매 불가 선수가 되었다.

"감독대행이라도, 지휘봉을 잡아보니 알겠더라고요. 이 새끼들 이거 참 말 안 들어."

프리에토가 자신의 머리를 긁적였다.

현역 시절에는 내가 대신해도 낫겠다는 감독들이 있었는데, 적어도 그런 감독은 되지 말자는 생각으로 하는 중이었다.

—양 팀의 라인업입니다.

—레알 소시에다드는 쓰리백을 꺼냈군요. 안정적인 경기 운영을 노리겠다는 생각이 보여요.

수비적인 강화를 꾀한 343 포메이션이었다.

프리에토는 양 윙백으로 윙어 혹은 공격형 미드필더로 뛰던 선수들을 세웠다.

이 선수들이 얼마만큼의 퍼포먼스를 보여주냐에 따라 승패가 갈릴 것으로 보였다.

—이에 맞서는 발렌시아의 라인업입니다.

—433 포메이션이지만, 세바요스 선수가 가벼운 부상으로 빠지며 파레호 선수가 대신 이름을 올렸군요.

골키퍼 장갑은 네투가 꼈으며.

포백에는 가야, 토비, 데 리흐트, 뫼니에가 수비진을 구축했고.

중원에는 파레호, 콘도그비아, 솔레르가.

최전방에는 산티 미나, 디발라, 바르보사가 서며 상대 팀의 골문을 노렸다.

삐이익!

휘슬과 함께 경기가 시작되었다.

레알 소시에다드가 양 윙백의 활약이 중요하다면.

발렌시아는 파레호가 어떤 활약을 보여주는지가 중요했다.

바로 어제 있었던 훈련에서 세바요스가 발가락을 다쳤기 때문에 오늘 경기에선 그를 대신해 파레호가 나오게 되었다.

경기는 발렌시아의 강한 압박과, 그걸 피하며 역습을 노리는 레알 소시에다드의 전개가 이어졌다.

─공을 몰고 달리는 가야.

─그대로 산티 미나에게, 산티 미나가 백패스로 흘립니다.

페널티에어리어 외곽에 있던 산티 미나는 두꺼운 수비벽에 혀를 차며 백패스를 보냈다.

공을 받은 디발라가 잠시 공을 소유했고, 그러다 페널티에어리어를 침투하는 파레호에게 스루패스를 찔렀다.

그리고 그 순간.

파레호는 센터백의 발에 걸려 넘어졌다.

─파레호가 공을 잡네요. 어?

─주심이 페널티킥을 선언합니다!

"아니, 미친. 아니야! 아니라고!"

"찍는 거 봤어."

레알 소시에다드의 센터백이 억울해 미칠 것 같은 얼굴로 소리쳤다. 하지만 주심은 단호한 얼굴로 고개를 저었다.

그렇게 발렌시아에서 페널티킥을 준비할 때.

갑자기 나선 사람이 있었다.

"아니요, 페널티킥이 아닙니다. 공을 먼저 건드렸어요."

팀의 주장이자.

페널티킥을 얻어낸 파레호가 고개를 저으며 말이다.

『스페셜 원: 가장 특별한 감독』 9권에 계속…